昭和も遠くなりにけり

中川 万里男
NAKAGAWA Mario

文芸社

はじめに

一、太平洋戦争末期の昭和二十年、日本政府は日ソ中立条約に基づき、戦争終結のための米国との講和条件交渉の仲介を、ソ連のスターリン首相に申し入れていた。ところが、スターリンは約二年前の昭和十八年十月に、対日参戦の意向を米側に伝えていた。
二、北朝鮮の金正日政権の時代、百名前後の日本人が秘かに拉致され、今日でも大部分が帰還できていないが、日本政府はこれを数年間感知していなかった。
三、ルノー、日産両自動車会社のゴーン会長が在任中、日産の金（被害総額三百五十億円以上）をジャブジャブ使い放題で（ルノーでは虫一匹殺さず）逮捕されたが、保釈中に海外へ逃亡。

以上は日本人のお人好しぶりを国際的に発揮した例だ。

弁護士でタレントの米国人、ケント・ギルバートは、「日本人は世界中で一番親切で、温かい心の持ち主」と、その著書で評している。

しかしその反面、中国南京における日本軍による、二ヵ月にわたる三十万とも言われる人々の殺害、暴行、傷害事件がある。だが米国の原爆は、広島・長崎への一回ずつで、現在までに後遺症を含めて五十万人の日本人を殺害している。

平和時には最高刑の死刑に相当する殺人も、戦時では合法だから、神も悪魔に変質しても不思議ではない。

また、不愉快な話かもしれないが、第二次世界大戦の唯一の収獲は、数世紀にわたる白人による世界中の植民地の大部分が解放されたことだ。日本は白人に遅れて、満州、朝鮮、台湾を獲得したが、結局手放し、功罪相半ばした。

長年の白人支配から解放されたことが、日本の植民地以外の国の人々は、日本に対して感謝まで行かなくても好感を持っているだろうと日本人は思いがちだ。ところがドッコイ、それらの国々の学校の教科書を見ると、日本への恨みつらみの羅列である。

植民地といえども敵国だからと、やはり食糧の掠奪などが盛んに行われていた。最前線の日本軍への武器弾薬、食糧などの補給が長期間ストップしたのがその主な原因かもしれない。輸送路が敵の航空機、艦艇によって完全に遮断されていたのだ。

ベトナムなどは結局、第二次大戦の末期から、なんと日本、フランス、米国と立て続けに戦ったわけだ。

日本ではもう七十五年以上（二〇二〇年現在）も平和が続いているが、国際情勢は決して楽観を許さない。

本書は「自分史」という形をとっているが、戦前・戦中・戦後の日本の歴史を振り返るという目的も大きい。また、第五章には「近未来の日本の幸福のための提言」という一文を入れたのを、おこがましく感じる方もおられるかもしれないが、昭和を教訓にして、将来の日本人の永い幸福の歴史を念願したものだ。

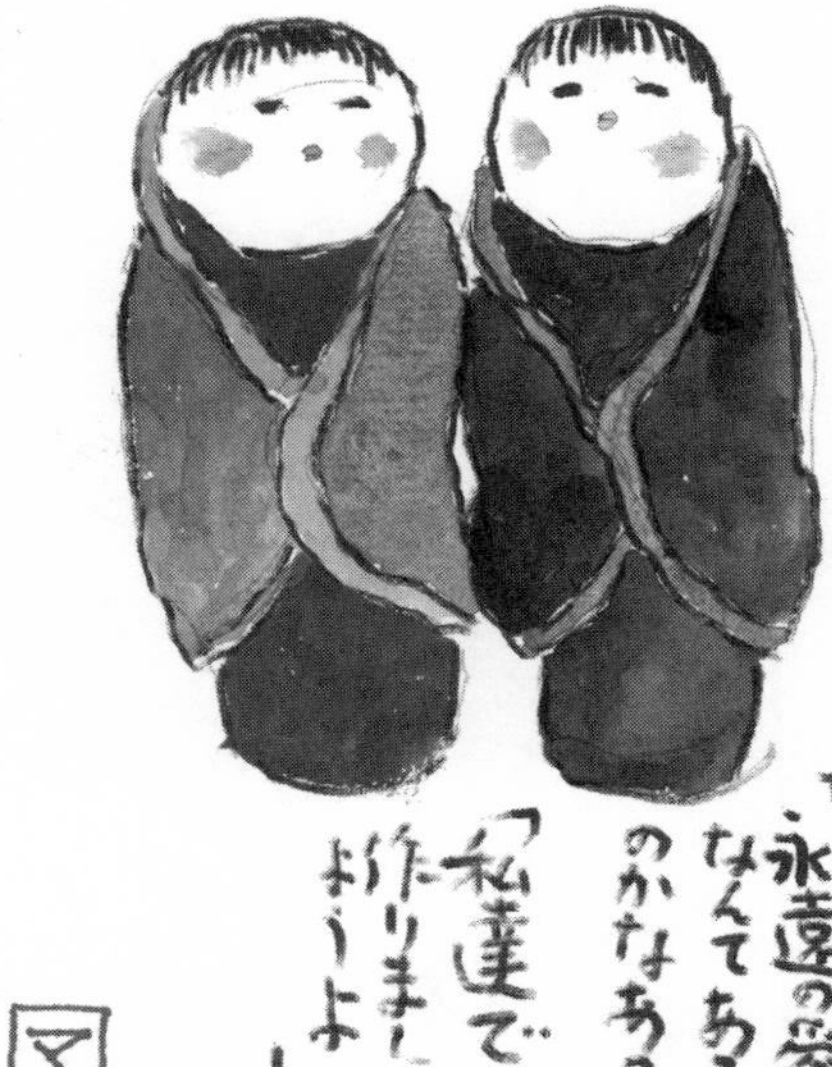
「永遠の愛なんてあるのかなあ？」
「私達で作りましょうよ」
マ

昭和も遠くなりにけり◆目次

第四章　外国旅行寸描 ―― 161

第五章　近未来の日本の幸福のための提言 ―― 203

第一章

軍国少年期

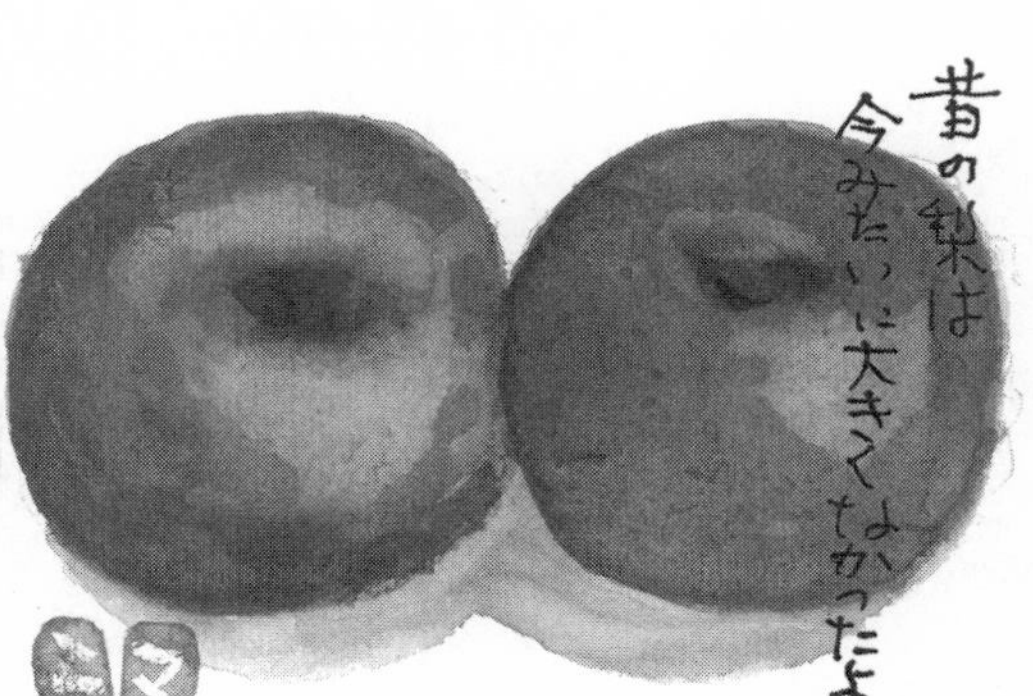

父母の生い立ち

私の父母はともに和歌山県出身で、父は現ＪＲ湯浅駅から二時間くらい歩いたところにある衣奈村という漁村で生まれた。のちに長男は網元、次男は上海で紡績会社を経営することとなる。三男が父で、四男は私の父が結婚したあと、私の母の実家の宮井家に婿入りした。長女は和歌山一の醸造元の赤居家に嫁ぎ、次女は女医となる。

母には二人の兄と四人の妹がいた。長兄はハム（アマチュア無線）のほか、のちにラジオが普及し始めた頃に電気技術関係の仕事を自営し、次兄は和歌山一の書店、宮井平安堂の当主で、和歌山県下の毎日新聞販売店の総括も兼ねていた。父の結婚後、父の弟（四男）が母の妹（次女）と結婚し、平安堂の副社長となった。

宮井平安堂の創始者は四十五歳で死去したため、縁戚の陸軍少将が宮井一家を後見していた。母の結婚相手も決めていたが（多分、少将の部下の陸軍士官）、家業手伝いの学生時代の父が、余暇に網元の実家から姉の嫁いだ赤居家に鯛や鰤などの大きい魚を運んでいたところ、赤居家から、「親類の宮井家は、大家族で従業員も多いから、ついでに魚を卸してもらいたい」との依頼があり、父は宮井家に出入りするようになった。それを母が見染め、「あの人と結婚する」と言って聞かないので、陸軍士官の婚約者を反古にする結果となった。後見の少将は激怒して、母の右腕を引っ張って庭に投げ飛ばしたが、母は頑としてその意志を翻さなかったという。

余談ながら、父方の中川家の家紋は「木瓜《もっこう》」で、母の実家の家紋は「桔梗」。すなわち織田信長と明智光秀の関係だったが、父母の間では何事もなく、二人は無事、生涯を終えた。

宮井平安堂の後継者となった母の次兄は、まだ二十代の初めで、書店経営と新聞販売の和歌山県下の元締め（現在はシステムが変わっていると思う）ということで、多忙な日々を送っていた。

そんな中、新聞販売店の巡回も馴れてきたのか、或る日、母を含めた十代の妹たち五人を巡回の旅に同伴させた。みんな大喜びだった。しかし、高野山の桦の宿坊に一泊し、妹たちが入浴していたところ、窓から坊さんたちの無数の視線を感じ、悲鳴を上げて浴室を飛び出したという。

私は成人後、母からこの話を聞かされて、織田信長が比叡山延暦寺を攻撃した時代から宗教界というのはあまり変わっていないのかな、と感じた。

大正七年（一九一八年）、米価暴騰で富山県魚津を発端として全国的に米騒動が拡がり、和歌山県下でも富裕商家を狙ってデモがあり、母も蚊帳《かや》が落ちたので目が覚めたそうで、デモが板塀をぶち壊して騒いでいた。その時、母の父がすぐ「一万円寄付、宮井平安堂」と書いた紙を外に貼り出したところ、デモ隊がいっせいに「宮井平安堂万歳」と唱和したという。

また、母の女学校に宮井平安堂からピアノが贈られた。社主の次兄の都合で長兄が挨拶したが、母の話によると、長兄の格好がよかったのと話が上手だったので同級生たちはみんなウットリで、終わった瞬間、万雷の拍手が鳴り止まなかったという。

数十年後、宮井平安堂創立一〇〇周年記念祭があって私も招待されたが、その時、長兄の長男（阪大教授で私の従兄弟）が祝辞を述べた。その時の内容があまりにも感動的だったので思わず感涙にむせんだ。祝辞で涙が出たのは生まれて初めてだったが、やはり、親子の血は争えないものだと思った。

いじめにあった少年時代

私は昭和五年（一九三〇年）に大阪で、三兄弟の長男として生まれた。

父は和歌山中学を卒業後、大阪工業専門学校（現・大阪府立大学工学部）を卒業し、大阪市内のＧＭ（ゼネラルモーターズ）に就職した。ＧＭは部品を米国から輸入し、日本で組み立てをしており（ノックダウン方式）、同じ方式でフォード社が横浜で活動していた。当時、国内で走っていた車の九割がこの二社によるものだった。

父は妹の多㐂子叔母を大阪女子高等医学専門学校（現・関西医科大学）に通学させ、その学費と生活費も見ていた。実家からは「女の医者なんて」と猛反対があったが、父一人がかばったという。私は最近、叔母が医者になったきっかけを知ったのだが、母親（私から見て祖母）が糖尿病で失明したことらしい。その祖母は優しい人だったが、金魚鉢の金魚を見て「こんな狭いところにかわいそうに」と家の前の海へ放ってやったというエピソードがあった。その時、みんな呆気にとられた。

父は晩年、仏のように優しくなったが、若い頃は悪戯盛りの私たち三兄弟を手加減なく殴った。「地震、雷、火事、親父」のとおり、恐ろしい存在だった。しかし、多㐂子叔母は腕白の私を抱きかかえて、「万里ちゃんをぶたないで。私をぶって」とよくかばってくれた。


私が小学校へ通い始めて最初に遭遇したのが、朝鮮人いじめだった。特に女子の教科書を隠したり、ミミズを机の中に入れたりして、大部分の生徒が揃っていじめるのだ。

私には姉妹がいないせいか、それを見て単純に怒りが込み上げて、被害者をかばい、首謀者を叩きつけた。私は幸いにして体格が大きかったので、相手はみんなたじろぎ、「なんや、あんたはん朝鮮か？」と白目をむく。

「何言うとる。阿呆だら。純粋の日本や」

「日本なら、なんで朝鮮の肩持つ？」

「阿呆。朝鮮人も日本人や」

確かに朝鮮人は、大部分が朝鮮部落といわれたスラムに住んでいる。仕事も、便所の汲取り、バタ屋といわれるゴミの収集、屠殺業といった、汚くて嫌な仕事が多い。日本人の親がそれを見て、彼らを下等民族のように子供に話すから、子供もそういう感覚になる。

その後も朝鮮人の子と日本人の子のトラブルは多く（百パーセント、日本人側からの仕掛けだが）、そのうちに朝鮮人は男子も女子も私を頼り始めた。女子などは、朝鮮独特の極色彩の袋をプレゼントに持ってくる。いい気持ちになっていたが、のちに今度は私がいじめにあう立場に逆転することになる。

小学校では毎朝、宮城《きゅうじょう》遥拝（皇居がある方角に向かって拝礼をすること）のあと、「昭和、昭和、昭和の子供よ、僕たちは。姿もキリリ、心もキリリ。山、山、山なら富士の山。行こうよ、行こう、足並み揃え。タラララ　タララ　タララッタタ――」という、「昭和の子供」の歌詞に合わせて体操を行った。また、国歌斉唱（レコード伴奏付）と国旗掲揚もある。戦争中の暗いムードの中でも、「日本人に生まれて幸せだ」と毎日感じていた。

一年生の夏休みの終わり頃、私たち家族は大阪から横浜に転居することになった。政府の方針で米国の自動車会社は閉鎖し、日本で一から自動車を製造するので、父が勤めていたGMも、もちろんフォードも閉鎖。従業員たちは新しくできた日産自動車へ移ることになったのだ。

あとで聞いた話だが、当時は「自動車なんか造っても儲からない」と一流財閥から総スカンを食って、政府が困ったということだ。結局、地方の資産家が有志のメーカーと組んだ。飛行機の製造も同じ時期に始まった。こちらは軍用機が主体だったので、百パーセント政府のバックアップがあり、やがて造兵廠なみの軍需工場化していく。

初めて横浜に着いた時、大阪と比べて山や丘が多く、森や林が目についた。さらに、住宅地をちょっと離れると一面に田圃や畑が広がっていて、これは子供にとっては嬉しいことだった。放課後、大阪では空き地で鬼ごっこや隠れん坊をするのが常だったが、横浜ではタモ（玉網）とバケツ持参で田圃を回り、カニ、エビ、メダカ、鮒、ドジョウがいくらでもとれた。父がガラスの水槽を買ってきてくれて、弟たちも大喜びだ。

のちに成人してから、大阪市内のビジネスホテルに長期滞在して仕事をやる機会があり、主に車で外回りをしていた。内山田洋とクール・ファイブの「東京砂漠」という歌があったが、大阪も北部を除いては〝砂漠地帯〟というイメージを持ったから皮肉なものだ。冬に霜柱を見たのも横浜が初めてだった。大阪市内で引越しもしたが、すべて平地だったためか、見かけることがなかった。

小学校の近所の店で、珍しい寿司を見かけた。カンピョウとキュウリの二種を巻いた細い海苔巻だ。派手な大阪寿司を見慣れている目には異様に映った。

さらにショックを受けたのは、新居に井戸がついていたことだ。初めは水道がないのかと誤解したくらいだ。しかしこれが、戦時中の連日の大空襲で、停電、断水が当たり前になると、飲料、洗濯、入浴に大活躍することになる。

それから、関東と関西との言葉のニュアンスの違いにも気づいた。教室でよく生徒が「気持ち悪い」と言う。私は最初、蛇でも出たのかと思っていたが、やがて「気分が悪い」という意味であることを理解した。

私が横浜に来てまず参ったことはこの言葉の問題で、大阪弁がおかしいとエイリアン扱いされた。三十分ぐらいの小学校までの通学路で、一年生の私に六年生から一年生までがまとわりついて、「何か喋ってみな!」と年長の子がけしかける。

一言でも喋ると、みんな抱腹絶倒だ。テレビはもちろんのこと、ラジオもまだ普及していなかった時代だから、みんな関西弁を聞いたことがなく、強い違和感があったのだろう。

クラスの担任の先生は気を使ってか、授業中に私を指名しなかったが、担任が病気で休んで代わりに女の先生が来た日、私が体が大きいから目立ったのか、指名された。

今でも覚えている。読方（国語）の授業で、

「ツクシノボウヤガ　メヲダシタ

ツクシダレノコ　スギナノコ」

という短い文章だったが、私が読み始めると爆笑に次ぐ爆笑で、机を叩くやら一斉に手で拍子をとるやらで、先生も遠慮なしに笑い転げていた。

たまりかねて、私は母に申し出た。

「明日から学校へ行かない」

母は無表情でその事情を聞いていたが、やがて、

「明日から、お母さんが一緒に行くから」

と言った。思いがけない言葉にドギマギしたが、母はそれ以上、何も言わなかった。

翌朝、母は下の弟をおんぶして、上の弟の手を引きながら、私と一緒に通学路を歩き始めた。すると、相変わらず悪童たちが寄ってくる。

「中川、なんか話してみな」

上級生の一人がそう声をかけると、突然、母が口をひらいた。

「横浜と大阪と、どちらが大都会でどちらが田舎か、知ってますかいな？」

群衆は意外な質問にたじろぐ。すると一人が「同じくらいかな？」と言った。

「横浜は、大阪と比べるとド田舎やで。その証拠に、横浜には地下鉄なんてないがなあ。エスカレーターって、見たことありまへんやろ？」

母の言葉に、みんな顔を見合わせている。

「何も知らん田舎者が、人をおちょくるのはあきまへんで」

明らかにガッカリした群衆に、母は最後にこう言った。

「私は横浜が大好きやで。天子様が隣りに住んでいらっしゃるがな。それに、日本一の富士山も毎日よう見えるやろ」

あとは黙って弟の手を引きながら、さっさと歩いていった。

それでも母は一ヵ月ほど登校に同伴してくれて、私はやがて登校拒否の気持ちが薄らいでいった。おかげで、二年生では副級長になれた。

柿とさくらんぼ

横浜に転居したばかりの家には、柿の大木があって実もたくさんつけた。当時、「柿泥棒」というのはわりと大目に見られていたのか、熟した頃になると長い竿を持った男の子たちが集まってきて、必死になって落とす。そこに「コラッ！」と声をかけると、一目散に走り散るのが定石だった。

ところが、この柿は実は渋柿なので、せっかちな子供がかじって「ペッペッ！」と吐く音が外から聞こえてきたりもした。柔らかくなるまで放っておけば甘くなるが、その前にカラスやたくさんの鳥たちが集まる。彼らはよく知っていて、熟した途端につつくのだ。だから彼らが食べる前に収穫して、干柿にするのが例年の習わしだった。

柿の隣には梨の大木（長十郎）もあったが、これは不思議と人も鳥も関心を示さなかった。しかし、この梨も戦時中は盗難の的となり、ついでにニワトリとニワトリが産んだ卵、外に置いてあった洗濯物、靴、下駄まで消えた。

戦後、私が結婚して新居を構えた時、この経験から建物を北側にまとめ、南面を広くして果樹を植えた。一年に多くて二、三本のペースだったが、大きな園芸店が車で二十分くらいのところにあったので、花壇用の花々を含めて、体が空いている時に立ち寄った。

イチジク、柿、梨、蜜柑、桃と手当たり次第植えて、彼らも忠実に毎年実をつけてくれた。

私の家は自動車道路沿いだが、意外に人気があったのがサクランボだった。「花も実もある」というが、花が意外に綺麗で、普通の桜より早く咲くので「お宅の桜、早いですね」と褒められる。

花が咲く三月の初め頃には、ミツバチをはじめとして昆虫の姿はまだ見かけないので、今年は実りは駄目かな？　と心配するが、毎年必ず結実するから、早春でもミツバチは活躍しているのだろうか？　それとも他の昆虫のおかげか？

サクランボは意外にたくさん実るので、通学途中の小学生たちが「サクランボだ！」と騒ぐ。「食べていいよ」と声をかけると、みんな駆け寄って口に含み、「ウマイ、ウマイ」と喜ぶ。そして意外に遠慮深くて、「もっとたくさんちょうだい。うちへ持って帰る」などと言う子はいない。

サクランボは小鳥たちにも人気があり、メジロやシジュウカラ等は一日中、木から離れない。中型のヒヨドリ、大型のカラス、ハトが来ると慌てて去るが、カラスやハトらも人影を見ると去る。木の高いところは鳥たちの専有食堂になっているようだ。

軍国主義の台頭から日中戦争へ

この頃、軍人と右翼によるテロが続発していた。私は子供ながら、大人たちの騒ぎが気になった。そして、今考えると不思議な気もするが、戦争中は常時、暗雲が立ち込めているような雰囲気を感じていた。しかし、それは当然かもしれない。日米間（他国もあったが）の戦争は約四年間だが、日中戦争は実質的に約十五年も続いたのだ。

さらに戦前の特徴は、政府の取り締まりが左翼や反戦思想が対象だったことであり、軍の横暴についての取り締まりはとても甘く、それが軍の過激分子を増長させていた。

唯一の例外が二・二六事件で、天皇の意向の厳しさが伝えられて雰囲気が一変し、多数の銃殺刑者を出した。これは後述するが、当時の天皇の側近の助言も強力に行われたものと想像する。しかし、結局は悪い方向へ進む一方だった。

軍政は強化され、関東軍をはじめ、軍の行動は専横を極めるに至る。

昭和七年五月十五日、海軍の青年将校四名と陸軍士官候補生五名が二台の車に分乗して首相官邸に乗りつけ、警備の巡査二名を銃撃し、一名死亡、一名重傷。さらに犬養毅首相を殺害した（五・一五事件）。

この少し前、同年三月五日には三井合名会社理事長の団琢磨が血盟団の菱沼に、二月九日には井上準之助前蔵相が、同じ血盟団の小沼に暗殺されている。

菱沼、小沼と血盟団首領の井上日召の三名は逮捕され、無期懲役の判決が下ったが、三人とも昭和十五年に恩赦で出所した。

五・一五事件の被告も、政府要人を殺害しているにもかかわらず、陸軍軍法会議では全員を禁固四年に、海軍軍法会議では最高刑で禁固十五年と甘く、民間法廷では最高刑が無期懲役だった。

そして、この五・一五事件で政党政治は終焉を迎えることになり、故犬養毅首相のあとは海軍大将の斎藤実が継いだ。

さらに、昭和十一年二月二十六日には、青年将校が約千四百名の大部隊を率いて首相官邸ほかを襲うクーデターが発生。高橋是清蔵相、斎藤実内大臣、教育総監の渡辺錠太郎、松尾大佐、巡査五名が即死。鈴木貫太郎侍従長重傷、巡査三名と少佐負傷という結果になった（二・二六事件）。

クーデター将校らの理論的支柱になっていたのは、北一輝の著書『日本改造法案大綱』であり、その要旨は、
一、天皇の大権により、憲法の三年間の停止
二、華族制度と貴族院の廃止

三、百万円以上の私財禁止

というもので、さらに、クーデター指導の一員、安藤中隊長（大尉）は兵士たちにこう訓話したという。

「東北地方の農村での赤貧ぶり、娘の人身売買、彼らはもちろん、全国民が安らかな生活をするには、どうしても天皇の取り巻き連中を排除して、国民の声を上聞に達する必要がある」

当日、一人の元部下に誘われて犯行現場に姿を現した真崎甚三郎大将（クーデター参加者のほとんどが参加している「皇道派」の重鎮）は、むしろ激励する形で上機嫌だったという。内閣が崩壊したので、自分が次期首班に指名されることも考えられなくなかったからだ。

過去数回に及ぶ大小のクーデターで、首謀者や参加者が受けた処罰は、すべて意外に軽かった。そのため二・二六事件の参加者も、真崎大将の口利きで大したことにはなるまいと、ほとんどが考えていたふしがある。

しかし、今回の天皇の決断は今までと全く違っていた。これは、軍部の横暴に対して我慢ならない側近や心ある政治家の一部が、天皇にきつい助言をした可能性もある。

当初、クーデター側をかばう姿勢だった真崎大将も、天皇が「自ら近衛師団を率いて鎮圧にあたろう」という姿勢まで示したので豹変した。

政府は翌朝、東京地区に戒厳令をしき、戒厳司令官には東京警備司令官の香椎浩平陸軍中将が任命された。皇道派の香椎は蹶起部隊の鎮圧を渋ったが、参謀次長の杉山元は二十八日午前五時に、「蹶起部隊は原隊に帰れ」という奉勅命令を下達するよう命じた。これに反すれば、蹶起部隊は反乱軍となるのである。

戒厳司令部はアドバルーンに、「勅命下る　軍旗に手向ふ（う）な」と書き、原隊復帰勧告のビラを撒いた。

「下士官、兵に告グ
一、銃ヲ棄テテ帰ルモノハ許ス
二、抵抗スルモノハ全部天皇陛下ノ敵デアルカラ射殺スル
三、オ前ノ父母兄弟ハ国賊トナルノヲ皆泣イテオル」
その他、ラジオ、拡声機等でも帰順を呼びかけた。

そして戒厳司令部は、「二十九日朝九時、攻撃開始」と決定し、ラジオや拡声機で「今からでも遅くない、ただちに抵抗をやめて軍旗の下に復帰せよ」との呼びかけを繰り返した。

真崎大将には、クーデター参加者から「事態収拾を一任したい」という要望が相次いだが、真崎は彼らに原隊復帰をすすめるのみであった。

海軍は反乱軍鎮圧のため、連合艦隊第一艦隊を東京湾へ、第二艦隊を大阪湾に集結させていた。

結局、二十九日の午後二時までには、蹶起部隊の下士官兵たちは原隊復帰。クーデター将校らはその数時間後に逮捕となった。

その後、陸軍は戒厳令を解除しないまま、非常体制の下で特設軍法会議を開いた。「特設」というのは、弁護士なし、非公開、上告なしというものである。

そして同年七月五日、事件の中心的役割を担った将校のうち十七名に死刑の判決が下り、一週間後に銃殺刑が執行された。翌十二年八月十九日には、事件の指針となった『日本改造法案大綱』の著者である北一輝と、その弟子である西田、磯部、村中が銃殺刑に処せられた。真崎大将は裁判にかけられたが無罪を得た。

この二・二六事件の政府の処断の厳しさにもかかわらず、日本の政治は完全に軍国主義の方向に向いてしまった。

昭和十一年十二月十二日には、中国国民政府の蒋介石が東北軍の張学良に監禁されるという、いわゆる西安事件が起った。蒋介石は共産軍（紅軍）の壊滅に熱心だったので、張学良はこれをやめさせて国共合作し、抗日民族統一戦線に転換させようとした。結局、中国共産党の周恩来とも会って討議の結果、和議が成立。二週間ぶりに釈放された蒋は、国民党の幹部会で「内戦停止、抗日民族統一戦線」の方針を確定させた。

翌十二年七月七日、日中全面戦争になり、同年十二月十三日、首都南京を日本軍が占領する。

当時、小学生だった私たちは、昼間は旗行列、夜は提灯行列で、

「日本勝った！　支那負けた！　南京陥落万歳！」

と叫びながら町を練り歩き、周りの人たちが盛んな拍手を送ってくれるので上機嫌だった。

しかし、終戦後に知った日本人が大部分だと思うが、これは当時「南京大虐殺」として、海外では「二ヵ月にわたり、約三十万人が虐殺、婦女暴行、放火、略奪と、残虐行為の犠牲になった」と報じられていた。

予想を上回る大軍の抵抗を受け、犠牲も大きかった日本軍が、中国人に対する敵愾心を深めていったことは理解できるが、戦争は、平時なら最高刑の殺人が合法であるから、原爆などの使用も考えると、戦争そのものが巨大な犯罪だ。また、「教養のない人間が群集心理で行う」と言う人もいるが、有名大学の学生による集団婦女暴行などの例も多いので、私は「教養」なんて関係がないと思う。

「毎日小学生新聞」の思い出

今から考えると、小学生の学力格差は才能によるものだけでなく、環境に大きく左右される。

当時、塾はなかったが、横浜の山手の東寺尾は、大会社の社長、重役、幹部社員の住宅が多く、もちろん送迎の社有車の車庫付き住宅で、応接間に使われる西洋館付きの住宅も多く、家庭教師も当然、存在していた。それに対して、海側の生麦町は商店や漁師が多かった。

前者が徹底的に勉強させられるのに対し、後者は勉強よりも家事手伝いが優先だ。故に、学力に差が出てくるのは当然であった。

私の家は生麦町にあったが、東寺尾に近い岸谷というところに位置していて、ここはサラリーマン家庭の住宅が多かった。

当時は、情報や文化の素は新聞、雑誌しかなかった。ラジオはまだ過渡期で普及率が低かったし、音声の悪いものも多かった。私は小学校入学時から、小学館の子供向け雑誌「小学一年生」と、毎日新聞社の「毎日小学生新聞」を母に定期購読してもらっていた。

昭和十四年八月二十六日、双発国産飛行機「ニッポン号」（毎日新聞社有機）が五大陸を経由して世界一周するために出発し、十月二十日に帰着した。発着とも羽田空港で、総飛行距離は五万二八六〇キロメートル、実飛行時間百九十四時間で、日本中が沸いた。

これは私が小学四年生の時のことで、飛行機というと中国を爆撃する爆撃機しかイメージがなかったので、久しぶりに明るい気持ちになった。

この時に作られた曲の歌詞に、「六万キロの空を飛ぶ、ソーラを飛ぶ」とあったのをずっと覚えていて、成人して自動車を購入してから、走行距離メーターが六万キロを超すたびに、「五大陸を経由して、地球を一周したんだな」と思ったものだ。

同じ四年生の頃、父が私と弟を米国航路の日本郵船の浅間丸に乗せてくれた。といっても、横浜港から神戸港までだけだったが。横浜港を出発する時、大きな銅鑼が鳴って無数のテープが投げられ、私たちもそれに参加した。船内では、はしゃぎ過ぎてボーイを呼ぶベルをやたら押して怒られたり、船に酔ってせっかくのご馳走を吐いて父を嘆かせたりした。

横浜港にいたたくさんのカモメがついてきていて、夜になると船上の電線に留まる。レストランの窓からコックさんが客の食事の残り物を捨てると、カモメたちが一斉に集まってきて食べているのが面白かった。カモメはこうしてアメリカまで乗っていくらしい。もしかすると彼らは世界中を回っているのかもしれない。

甲板で船員の制服を着ている紳士——父によるとパーサー（事務長）という人だ——が、船客たちと談笑しているのを聞いていると、すべて外国語だが、相手によって言葉が変わる。何ヵ国語も喋れる人なんだと驚いた。

六年生の某日、母の勧めで毎日小学生新聞に「慰問袋」という題の作文を投稿した。母と兄弟三人でデパートに行き、慰問袋の中身を買った時の買い物風景と、そのあと慰問の手紙を書く風景を書いたものである。慰問袋は学校で集めて一斉に送るものなので、相手は不特定多数だ。

幸い作文は採用され、新聞に掲載されたが、そのあとが大変だった。同学年の「女組」の生徒たちが教室に私を覗きに来て、「あの子よ」と指さしている。私は姉妹がいないうえ、大阪時代を除いて一年生から六年生までずっと男子生徒ばかりの「男組」だったから、女の子と話したことがほとんどない。それが急に騒がれだしたので、嬉しいやら恥ずかしいやらである。

ところが、さらに大きな難題に遭遇した。ある日、急に担任の先生に呼ばれて、

「職員会議で決まったのだが、県の作文コンクールの締め切りが明日なので、今すぐ書いてもらいたい」

と原稿用紙を渡された。

「題は『国防献金』で、八百字以内。一時間で書いてもらいたい」

私は目を白黒させた。「考えるだけでも一時間は欲しいのに、一時間で書けるわけがない」と言いかけたが、先生は腕時計と睨めっこしている。否応なしだ。

私は腹を決め、目をつぶって構想を考えた。そう簡単には出てこない。しかし、最近の兵隊さんたちの活躍が次々と思い浮かぶ。やがて書き始めたが、一時間ではとても無理だ。結局、三十分延長してもらったが四百字しか書けず、先生に「これ以上は無理です」と投げ出した。先生は原稿を読み上げてうなずくと、

「どうもご苦労」

と、作文を持って去っていった。

ところが後日、意外にも「優秀賞」と記した賞状を見せてくれたのだ。先生は何も言わなかったが、いわゆる添削や加筆をしたのだろうと思った。でも、筆跡などはどうしたのだろうか……。しかし、つまらないことを考えるのはやめにした。

日米開戦と小学校卒業

昭和十六年十二月八日。ラジオは軍艦マーチも勇ましく、「日本の連合艦隊がハワイを急襲し、米国太平洋艦隊を全滅させた」と報じた。日本人はみんな「万歳！　万歳！」と歓喜に沸いた。中国との長い戦争で閉塞感があったので、これで視界がひらけたという雰囲気だった。

しかもその後、間髪をいれず、仏印（現ベトナム、ラオス、カンボジア）、香港、シンガポール（英領）、マカオ（ポルトガル領）、蘭印（インドネシア）、フィリピン（米保護領）等を矢継ぎ早に破竹の勢いで攻撃したから、アジアの欧米植民地はすべて解放され、A（米国）B（英国）C（中国）D（和蘭）包囲網を破ったうえ、大東亜共栄圏を築いたと日本国民を得意がらせた。

しかし、「一等国は植民地を持つべき」という哲学により、日本自身が満州、朝鮮、台湾を植民地として残しているという矛盾が残った。

世間がそんなふうに浮かれている中で、父がこう断言した。

「日本がアメリカに勝てるわけがない」

私が、なぜ？　と訊くと、

「アメリカは一日に一万台もの車を造る。日本は百台がやっとだ」けれど私たちは新聞やラジオの報道が正しいと信じていたので、アメリカかぶれの父（アメリカでGMの技術実習を受けた）が変なことを口走って特高や憲兵隊に逮捕されるのが心配で、「そんなこと喋ったら危ないよ」と注意した。

やがて昭和十七年三月に、私は東台小学校の卒業式を迎えた。卒業証書も通信簿も「東台国民学校」となっていた。

母の末妹の敦子叔母は、結婚して渋谷に住んでいた。叔母は自分の子供ができる前、私と弟が小学生の悪童の時に映画館に連れていって、ゲイリー・クーパー主演の「マルコ・ポーロの冒険」を観せてくれたり、銭湯（女湯）にも連れていってくれた。その時、私たち兄弟は風呂に潜ったり、お湯をぶっかけ合ったり、今考えると冷や汗の出る思いだが、叔母は寛容だった。

叔母の夫は明大出で趣味が広く、いろいろなことを教えてくれたし、郵便切手のコレクションの「国立公園一覧」というのをプレゼントしてくれた。マニアの私は嬉しかったが、叔父にとっては貴重品だったのではないかと思う。また叔父は、横浜市鶴見区の花月園の広場（競輪場になる前）で、勤務先である日立製作所の社員運動会を開催した時に司会をやっていた。

その頃、東京の代々木には広大な練兵場があり、毎日軍隊の訓練が行われていた。渋谷駅と代々木駅が明治神宮から離れていて不便だということで、原宿駅が新設された。今の盛況ぶりなどとても想像できないほど、静寂な駅だった。明治神宮も平日は意外に空《す》いていてキジのカップルがたむろしている姿などを見かけた。

この叔母の長男、すなわち私の従弟だが、「勉強ができなくて困る」というのが叔母の口癖だった。戦後、叔母は故郷の和歌山へ、東京の渋谷から乗用車で往復するようになり、勉強ができないと言われていた従弟も活動的な実業家となって、世界数ヵ国に玩具の販売網を持つに至る。

後年、私が外国旅行のプランを立てる時に、この従弟に「どの国が一番魅力的？」と訊いたところ、「好みもあるが、南米かな？」と教えてくれたので、それに従ったが、想像以上の感動を受けた（南米旅行の時のエピソードは「第四章　外国旅行寸描」参照）。

戦時下の中学時代

私は鶴見中学校の入試に合格した。それまでの短ズボンから長ズボンに変わり、急に大人になったような気がした。昔は十五歳くらいで元服だったらしいから、それも当然かもしれないと思った。

鶴見中学（現・鶴見高校）は新設校だったので、まだ校舎がなく、神中（神奈川県立第一中学校。現・神奈川県立希望ケ丘高校）という古い中学校に臨時に併設された。

行事や式の時などは神中の校歌を一緒に歌わされたが、山田耕筰の作曲なので、美しい歌で嫌な感じはしなかった。神中の同窓誌には「○○大臣、○○大将、○○教授」というような錚々たるメンバーが寄稿しており、圧倒された。鶴見中学もこうなれるかな、と思ったものだ。

戦時教育で武道が必修科目になり、私は柔道を選択した。練習は神中生と一緒で、黒帯の五年生に稽古をつけてもらえた。

入学当時、神中の五年生の間では当時のエリートコースの一高生を真似て、弊衣破帽と高下駄という服装が流行していた。しかし、やがて軍学校、特に海軍兵学校の短い上着に短剣姿の生徒たちが登場すると、少女歌劇に集まる少女たちのような熱い憧憬の眼差しが彼らに向けられた。

陸士か海兵かの議論もあった。

「長い行軍は嫌だ」「艦の中で火あぶりになった方がいいの？」などなど。

英語の時間には、アメリカに留学していた神中の先生から正確な発音を教えてもらったが、この先生たちもやがてゲートル姿になって、私たちと一緒に軍需工場に送られることになる。

二年生になった頃、鶴見中学の校舎が建てられることになり、私たち生徒も運動場を含めた敷地の整備を始めた。横浜市鶴見区は人口密集地帯で住宅も工場も多いが、この敷地は幸いにして現在でもまだ自然の残った県立三ツ池公園というところだ。しかし、このような美しい環境で学べる幸せを謳歌する寸前に、地獄が訪れた。

「明日から当分、軍需工場で働くことになる」

担任の先生の言葉は予想外ではなかった。すでに新聞で毎日報じている強制疎開と学徒動員がいよいよ始まるのだ。結果的には五年生になるまで教室に戻ることはなかった。

何しろ、世相が一変していた。商店は、デパートを含めて商品がなくなってきたと思っている間に、店員が戦場や軍需工場に徴用されて、あらゆる店舗が無人になった。電車・バスの運転手や車掌が、女子に切り替わり始めた。バスやトラックの燃料に木炭を使い始めた。タクシーは激減した。

私たちが最初に勤務した軍需工場では、飛行機のパイプを造っており、日曜日は休みだったが、平日は毎日残業だった。だが、私たち生徒は残業が嬉しかった。というのも、夜食（といっても雑炊だが）が出るからだ。ただし、早く食べに行き過ぎると上澄みのスープだけ、遅く行くと売り切れで、頃合いの見極めに苦労した。

この軍需工場には溶鉱炉がいくつもあって、しかし冷房装置などないから、夏には地獄の釜底にいるような体感だ。せめてもの涼味にと、三時に氷のカケラが配られる。それを中学生が交代で配る。

私がその当番になった時、「中川の配った氷は塊が小さい」という全く合点のいかない理由で、同年のほかのクラスの生徒たち十数人に集団で殴られるということが起きた。「左頬ばかり叩くと腫れるから、右も叩け！」と首謀者が指示する。一時間以上殴られ放題だ。

私は氷のことだけでなく、勤務成績優秀と一人だけ表彰されもしたし、ほかにも何か恨みを買っているのではないかと考えたが、思い当たらない。しかも、このことを先生に報告すれば、倍返しのお礼参りが来ることはわかりきっている。だから泣き寝入りするしかなかったが、同じような目にあう人や、私の場合と違って一回だけでなく繰り返しやられる人の気持ちがよくわかった。加害者からは、「ほかに知らせたら、またひどい目にあわせてやる」と暗黙のおどしがあるので、沈黙のまま泣き寝入りする場合が圧倒的に多いはずだ。学校の先生はいじめについて軽く考えず、充分気を配る必要があると思う。

さらに厳しいことに、日曜日に軍事教練が始まった。重い三八式歩兵銃をかついでだ。あの非能率なゲートルも素早く巻かねばならない。

中でも私が一番悩まされたのは靴だった。学校の下駄箱は外から丸見えで不用心だ。特に我が校は校舎ができたばかりだから、まだ立派な門構えはなく、外からの出入り自由。大柄の私の靴は大人向きなのですぐ狙われる。教室内への靴の持ち込みは禁止されていたので何回も盗まれた。当初は父の古靴を使わせてもらっていたが、すぐ底をついた。しかも教練に靴は必需品だ。

すると、父が木靴を購入してきてくれた。ヨーロッパの童話などに出てくるような代物だが、日本のものは靴底部分がかまぼこ板のようなものでできていて、上部はスフ（安価な化学繊維）で留めてある。歩くとポックリ、ポックリという音がする。

軍事教練の行進中、「カシラー、右！」という号令で、ザッ、ザッ、ザッとみんなが行進する足音の中、微かにポックリ、ポックリという音が交じる。学友たちは笑いを噛み殺すが、私は泣き顔をこらえるのだった。

ある日、富士の裾野へ演習に出かけることになった。今考えると無邪気なもので、「実弾演習ができるぞ」という噂が飛び、若いから好奇心でいっぱいになったが、それは結局、実現しなかった。当たり前だ。前線でさえ弾丸がないのに、中学生の演習なんかに回せるわけがない。

厳しい演習でへとへとになった身の楽しみは食事だ。一応、丼に山盛りの飯にみんな喜んだが、半分は大豆だった。しかも、おかずなどろくにない。思いがけなく、残飯を干したアラレのようなものが売っていて、飛ぶように売れていた。それらで腹を膨らませたうえで、富士山の冷たい水をガブガブ飲み、最後はトイレに行列だ。だが、「紙がないよー！」と悲鳴。

くたびれ果てて寝入った直後、「夜襲！」と非常呼集がかかった。ゲートルを巻いたまま寝ることは厳禁なのに、三分以内に集合しなければならない。夜襲で非常呼集の時は照明をつけることは認められていないから、何がどこにあるか頭に入っていなければならない。結局、私たちの部隊がかろうじて全員集合できたのは、呼集から十五分が経ったあとだった。

「今の状態だと、全員戦死だ！」

配属教官の少尉が怒鳴ると、一人の生徒がこぼした。

「ゲートルが上手く巻けなくて……」

「敵にそんな言い訳が通じるか！」

と、一発殴られた。

真夜中の富士山麓、冷たい風の中で教官の訓辞を長々と聞いていると、寒いし、トイレにも行きたくなるし、死んだ方が楽だという気持ちになった。

従兄の政ちゃん　その一

和歌山の従兄（父の姉の子）の政ちゃんが、横浜の我が家に出入りするようになった。二浪して東大工学部に入って、今は海軍の技術将校だが、日本刀を下げている。時代的に食べ物がなく、三人兄弟が毎日喧嘩しているところへ来て、母が無理に調達（質屋に衣類を入れる）したものをパクパク食べるから評判が悪かった。しかし、新聞に載っていないことを聞けるのがありがたかった。

「連合艦隊は、いつ出動するの？」

「そんなもの存在するかよ。主な軍艦は残ってないよ」

政ちゃんの話はすげない。

「神風は吹くのかな？」

「蒙古襲来の時と比べて、今の敵軍の装備は、相当ひどい台風でもビクともしないよ」

「本当に日本は勝てる？」

「機（機会）あれど飛機（飛行機）なし。銃あれど弾丸《タマ》なしで戦えるかよ」

銃のことは戦後のアメリカ映画で知ったが、アメリカでは昭和初年からＦＢＩとマフィアの戦いで連発銃を使っていた。日本は大戦の途中で新型銃が出てきたが、当初は私たち学生が教練で使う三八式歩兵銃という、明治三十八年規格の単発銃で戦っていたのだ。

現役将校がこんなに悲観的なことに私は悄然とした。そして、父が以前言った「日本がアメリカに勝てるわけがない」という言葉に信憑性を感じるようになった。

その後、政ちゃんは思いがけなく、私と上の弟を和歌山の自宅に招待してくれた。戦中だが、まだ汽車の乗車券が自由に取れた頃だ。母が政ちゃんに「車中で食べてくれ」と、無理して調達した材料で作った弁当を持たせた。

「いや、僕は煙草だけで大丈夫。二人に食べさせますよ」

と調子のいいことを言っていたが、私たち兄弟には全く分けてくれなかった。

しかし、政ちゃんの家に着いて認識が変わった。戦争などどこ吹く風で、食事はもとより、菓子、果物などドンドン出してくれたのだ。

横浜と和歌山とで食糧事情が違ったこともあっただろうが、大きい醸造家で醤油、酒などを軍需用に造っているから、原材料がふんだんにあったようだ。

それと、私は政ちゃんの本棚を見て仰天した。私たち兄弟の本を併せたものの十倍はあった。例えば、『千夜一夜物語（アラビアン・ナイト）』は全巻揃っているし、文学、歴史、美術、旅行記、科学、英・仏・西語辞典、百科事典も数種。ありとあらゆるものがある。

私は彼が二浪で東大に入れたのは、猛勉強した結果だろうと思っていたのだが、こんな裏付けがあったのかとつくづく羨ましく思った。

「最近の若者は本を読まない」と言われているが、私たちは本を読みたい時代に経済的な理由から簡単に入手できなかったのだ。

学徒動員でも一応、給料は出た。月給は五十円である。このうち二十五円が現金支給、残りの二十五円は積立貯金となった。

お金があっても買える物は何もなかったが、それでも模型店で木工品は売っていた。私たちはそれらを買って、航空機や連合艦隊の模型を作った。現在の発展途上国の子供たちが、何かしら工夫して楽しく遊んでいるのをテレビなどで見ると、子供というものは与えられた環境の中で、文句も言わず生活していくものだと、自然の力を感じる。

ちなみに、積立貯金は終戦後のインフレで霧散した。

二人の悲劇の英雄たちの最期

〈山本五十六元帥〉

昭和十八年四月、山本五十六連合艦隊司令長官の搭乗した攻撃機が、ブーゲンビル島上空で米軍戦闘機十六機に襲われ、撃墜された。長官のこの日の行動を暗号電文化したものを、米軍側は解読していたのだった。

同年六月に国葬で大勲位授与、元帥昇格が決まる。

山本長官は海軍次官の頃、閣議などで日独伊三国同盟に反対したり、戦争に消極的な発言があったため、軍の過激派から狙われ、テロの危険があった。

しかも、連合艦隊司令長官に就任し、心ならずも対米戦争の先頭に立つことになる。当時の本人の心境は、

一、無駄な戦争はすべきではない

二、しかし、自分は軍人であり、国の決定には絶対服従する義務がある

三、実行する限りは、能力を百パーセント発揮するのが義務だ

というものであり、心の葛藤があった。

米太平洋艦隊を緒戦で全滅させ、日本国民を狂喜させた山本長官だが、近衛首相に戦争

の見通しを訊かれ、こう答えたという。
「二、三年は暴れてみせるが、先の見通しが立たない。早期に講和に持ち込むよう努めてもらいたい」

〈ロンメル元帥〉

ドイツ軍のロンメル元帥は、非常に意外なことに、敵国だった連合国側に、彼を尊敬したり慕ったりするファンが多いという。

彼は戦車部隊の総司令官として縦横無尽の活躍をした。教養も深く、趣味も広く、人格者として部下たちの支持率も圧倒的に高かった。

第二次世界大戦末期、ヒトラーのユダヤ人根絶計画をはじめ、様々な異様な行動に対して、高級将校を含めた秘かなヒトラー暗殺計画が練られたが、その実行が失敗に終わり、多くの関係者が逮捕され、全員が銃殺刑に処された。

その頃、ロンメルは乗用車を敵機に狙撃されて重傷を負い、自宅で療養中だったが、この暗殺計画の首謀者だという疑いが持たれ、自宅を訪れたヒトラー側近の将官二人から、「反逆罪の裁判を受けるか、名誉を守るため自殺をするか」の選択を迫られた。裁判を受けたとしても死刑になることはわかりきっており、さらに粛清として家族が消されること

も必至なので、彼は、

「私は軍人であり、最高司令部の命に従う」

と、二人から与えられた毒薬をあおり死亡した。最期に家族の安全を強調したという。目覚ましい戦功で全国民に知られていた彼の死は、「名誉の戦傷によるもの」と発表され、祖国の英雄として、その出身地で盛大な国葬が営まれた。

国葬にはヒトラー総統は出席せず、ロンメル元帥の自殺に関わった将官たちの敬礼や握手を、ロンメル夫人は無視したという。

このヒトラー暗殺計画は、密かに「ワルキューレ」と名付けられた。「ワルキューレ」とはワーグナーの楽劇で、テーマは北欧神話であり、神に仕える乙女たちが白鳥の姿で戦死者を天上に運ぶというストーリー。楽劇とは、ワーグナーがオペラに演劇をプラスした内容をそう名付けたもので、いわばミュージカルのはしりともいえる。

この二人の英雄に共通して私が思うことは、祖国の敗北に直面して、軍人としてプライドを傷つけられることがなかったのが、せめてもの幸福だったかもしれないということだ。

空襲も経験した戦争末期

昭和十八年を過ぎた頃から、日本の敗色は濃くなってきた。

母と弟二人は、父の生まれ故郷、和歌山県湯浅の漁村に縁故疎開した。母の生まれ故郷の和歌山市内は既に空襲の危険にさらされていたので、市内に住む母の実家の人たちも一緒に疎開となった。横浜の家には、私と父だけが残った。

昭和十九年になると、〝超空の要塞〟と称されたB29による空襲が始まった。

当初は、「敵機らしき数機が京浜工業地帯に接近しつつあり。警戒警報。横須賀鎮守府司令長官発令」だったが、やがて、「敵機の大群が京浜工業地帯に接近しつつあり。空襲警報発令」となってきた。そして回数、機数も次第に多くなり、そのうちに毎日昼夜関係なく来襲するようになった。

また、当初は京浜工業地帯への爆弾部隊だったが、やがて東京の住宅地帯へ焼夷弾爆撃が圧倒的に多くなった。

先日、テレビ番組で、戦時中の米国内では、「B29を一万機以上生産して日本全国を焼き尽くす」という計画が出された時点で、「莫大な金ばかりかけて机上の空論だ。効果は知れている」と反対論があったと報じていた。

連日、横浜から東京の空が真っ赤に見えた。Ｂ29が横浜を通過する時は、京浜工業地帯を防備している高射砲が一斉に火を吹く。サーチライトで照らすと、三〇〇〇メートルくらいの高度だから巨体が見えるが、こちらの弾丸は一向に当たらない。稀に当たると、辺りから大拍手が聞こえてくる。高射砲弾の破片も危険だから、みんな室内にこもっているが、窓を開けて空を見ているのだ。

私の父は日産自動車の技術者だったが、隣組の回覧板で至急、防空壕を掘るよう政府から指示が出たので、家の庭を掘って二畳ほどの防空壕を造った。径が尺近い丸太で柱を組んだが、すべて手伝わされた私は、苦痛もあって、「技術者って大げさだな。もっと簡易なものでいいのに」と思ったものだ。

しかし、高射砲陣地を狙ったある夜の爆弾が近所に落ちて、頑丈過ぎると思った壕がマッチ箱を指で押すようにギシギシと前後左右に揺れた。この中で潰されてついに死ぬんだ……！　と死を予感した時、父の「大丈夫か？」の一言で我に返った。

壕は持ちこたえたが、翌朝、外に這い出ると、庭に防空頭巾を被った遺体が二体横たわっていた。ずれた頭巾の下には割れた頭が見え、近所に住む大家さんの娘姉妹だとわかった。私より少し年上だったが、小学校の頃から私が家賃を届けに行くと、おやつを分けてくれる優しい姉妹だった。私は人間の死体を見るのは生まれて初めてだったので、長く凝視できなかった。

大家さんの家は爆弾の直撃を受けて巨大な穴が開き、姉妹はここまで吹き飛ばされてきたようだった。ご両親の遺体は、その穴の底深くに埋まり見つからない。その後も行方不明のままだった。

父は会社から廃材と廃油を運び、棺桶を二つ作って、隣組の人たちが立ち会う中、姉妹を広場で荼毘に付した。葬儀社どころか、坊さんもいない時期だったのだ。

終戦後間もなく復員してきた大家さんの一人息子は、残った廃墟で何日も佇んでいた。

父の勤める会社は自動車会社だが、部品や原材料がストップして肝心の自動車を造れず、父は利材課長として電気製塩や燃料となる棒炭（練炭を棒状にしたようなもの）などを造っていた。その中の塩を、大家さんの息子に持っていくよう、私に命じた。塩は当時、貴重品だったのだ。

息子さんは受け取って会釈したが、何も言わなかった。しかし数日後、皮をむいた里芋をざるいっぱい持ってきてくれて、

「親類はタンスから衣類や宝石類を持ち出しただけで、他人のあなた方にいろいろお世話になったそうで、ありがたく思っています」

と述べた。爆弾だったので、焼失しない品々が残っていたらしい。また、大家さんは大地主でもあったので、小作人から小作料の物納が結構あった。

爆弾を受けたあと、汽車利用のための罹災証明を受けられたので、父と二人、和歌山に行くことができた。母や弟たちに会うためである。父の生家は湯浅駅から約二時間歩くので、終戦後は「バターン死の行進」にちなんで、私たち兄弟は「和歌山死の行進」と揶揄した。

その長い山道は、季節によって一面にたわわに黄金の果実をぶら下げる蜜柑山だ。

疲れと空腹と喉の乾きに堪えかねて、我慢に我慢を重ねた末に、

「この蜜柑、食べていいやろ？」

と思い切って父に声をかける。弟も切実な顔を向ける。

しかし、父は表情も変えずに、「そこが人間と猿との違いや」と冷静だ。やはり他人の物を食べると泥棒になるのか、とガッカリする。

「『李下に冠を正さず』という、支那の古い諺がある。李《すもも》の木の下で冠を直そうとするその動作さえ疑われるからと、偉い人はいましめた」

その時は不承不承、父に従って涙を呑んだ。

しかし、成人してから考えたところ、広大な蜜柑山では、虫害、鳥獣害、風水害といろ

いろあるわけであり、一部の損害は償却の範囲だから、山の持ち主も大目に見ているのではないだろうか。父は技術者だから四角四面なのだ。しかし子供へのしつけは、あまり融通を利かせ過ぎるとしつけにならないことも確かだ。

その山道も終戦数年後には立派な自動車道路ができ、私が車で行った時は駅からわずか五分で到着。昔の漁村も、京阪神からの客を待つ釣船宿群に変化していた。映画「釣りバカ日誌」の舞台にもなった。

さて、父の実家に疎開していた母と弟たちは、意外に元気だった。そして、母の実家の宮井家の人たちも和歌山市内から疎開していたので、大賑わいだった。弟たちは海に行き、素潜りでサザエやアワビを獲ってくる。私も岩場で、米粒を餌にガシラ（カサゴ）を釣り上げた。こう記すと楽しい生活のように映るかもしれないが、弟たちは学校へ片道一時間の山道をワラジで通っていたし、上の弟はそのため身長が減ったと嘆いていた。

母は、下男の宗さん（朝鮮人）が陰日向なく面倒を見てくれていると言って感謝していた。実家には広い畑もあったが、何しろ人数が多く、トラブルもある中で、宗さんは食物をいろいろ工面してきてくれるとのこと。彼は戦後、朝鮮の独立で北朝鮮に帰ったが、その時、私たち家族一同は、彼が幸福な生活を送るよう祈った。

和歌山からの帰り、父と汽車（東海道線）に乗っている時、静岡県付近で米軍艦載機の機銃掃射を受けて、汽車が止まったまま動かなくなってしまった。父が近所の農家に行き、土産に買ってあった魚の干物と交換に、さつま芋の苗をとったあとの種芋を貰ってきて、汽車の近くで空き缶を使って茹でたが、残念ながら繊維ばかりでとても食べられる代物ではなかった。そのうちに軍隊がやってきて、

「この列車は今から軍用列車になるから、お前たちは下車して、あとの列車を利用しろ」

と急な命令を出した。

私と父は次の汽車を待ったが、どれも超満員で乗れず、時間ばかりが過ぎた。三日ほど何も食べられないままであり、普通であれば衰弱や失神などあり得るが、異常な体験が続いて免疫になっているせいか、私たちは我慢を続けられた。

やがて、なんとか汽車に乗り込むことができ、静岡から横浜まで一度も座ることはできなかったが、やっと家に帰り着いた。

中学校四年生になった頃（二年生半ばから学業は一切なし）、国策で四年生で卒業も可ということになった。併せて海軍兵学校に「予科」ができ、「受験可」ということになった。海兵への憧れは当時の中学生には絶大なものであった。少尉候補生の夢のような姿と、さらに現実的な欲求「三食腹いっぱい食える」とで半分以上の生徒が受験した。当然のこと

ながら、合格者は数名だった。私も落ちた方で落胆はひどかった。しかし、合格者が入学して間もなく終戦になった。帰ってきた海兵予科生たちの姿は例のうっとりタイプではなく、上から下まで国防色の戦闘帽に戦闘服だった。

戦後、防衛大学校の制服は海兵に似ているが、短剣はない。それに姿勢が海兵の反り返った形ではなく普通の大学生と同じで、前かがみみたいの者が多いのでパッとしない。余談だが、学費や生活費の補助された恵まれた環境で学んで、卒業時に「任官拒否」をする学生が毎年存在するというのは何事であろうか。「税金泥棒」というか「詐欺師」というべきか。「中退」扱いにすべきかと思う。

従兄の政ちゃん　その二

私たち学生が動員されていた軍需工場が、Ｂ29の夜襲を受けて完全にノックアウトされた。鋼鉄とスレートでできた工場だったから、火災には強いと信じていたが、実際は太い鋼鉄の柱がグニャリと曲がり、ほかは何一つ形を留めていなかった。

焼け跡には十人近い高級将校が集まっていた。いずれも佐官級で、参謀肩章を付けている者もいる。私たちは軍事教練を受けていたので、階級章については詳しかった。高級将校がこれだけ集まったのは今までで初めてなので、この空襲による軍への打撃がいかに大きかったかを感じた。彼らは古い黒い乗用車で来ていたが、当時、車に乗っているのは偉い人と決まっていた。タクシーなどなくなっていたのだ。

軍需工場の隣には酒造工場があり、航空機燃料を造っていた。その原料はなんと薩摩芋と砂糖で、毎日何十台というトラックで運び込んでいたが、荷台には巡査が乗っていた。言うまでもなく盗難除けだ。今の現金輸送車並みだ。

ある日の昼休み、この酒造工場から私たちの軍需工場に、焼き立ての焼き芋が投げ込まれたことがあった。隣に中学生が動員されていることを知っている工員が、厚意でくれたのだろう。当時としては金塊よりありがたかった。

その酒造工場も一緒に空襲に遭遇した。なんと一面、黒いドロドロの液。それが甘いので、無数の群衆が集まり、いろいろな入れ物に汲んでいた。有害か否かは問題ではなく、いかに多く獲得するかが問題であった。結局、エチルアルコールの中間製品ということで、全く無害で美味な物体だったが。

その夜、また従兄の政ちゃんが来ていて、その事情を聞くと早速、翌日にジョニーウォーカー黒ラベルの空き瓶と、エチルアルコール一瓶をどこからか持ってきて、台所で黒い液と水とをいろいろ測りながら、アルコールとともにジョニーウォーカーの空瓶の中に入れた。

そのあと、久しぶりに来た政ちゃんが、こう報告をした。

「上司に、昔、英国を軍艦で親善訪問した大佐がいるんだ。俺の特製のジョニーウォーカーを飲ませたら、すっかりご満悦だったよ。『久しぶりに本物のウイスキーに出合った。この焦げくささは、泥炭《ピート》の煙《スモーキー》の香りなんだ。人生でこんなに嬉しいことはなかった』って、英国が敵国（当時）にもかかわらず、大感激だった」

そして、そんなふうに言われたから真相は話しそびれた、と頭を掻いた。


この年、昭和十九年十一月、横須賀海軍工廠で空母「信濃」が竣工した。六万八千トンで、戦艦大和級の世界最大の空母であり、日本はこのほかにも、世界最大級の潜水艦も造っている。大艦巨砲主義の名残りだ。日本の軍部は陸海軍とも明治以来敗戦の経験がないので（ノモンハン事件は過小評価された）、伝統を重んじていた。米国のように全滅した太平洋艦隊の補充に、フリゲート艦をはじめ、軽装備の軍艦を量産したのと対象的だ。

しかし、「信濃」は竣工からわずか十日後に、和歌山県の潮岬沖で米潜水艦に撃沈された。素人でも、駆逐艦ほかの護衛がなかったのかと疑問を持つ。「失敗は成功のもと」という諺は個人だけの話ではない。成功だけだと、慢心の固まりになる。

さて、軍需工場が空襲でなくなったので、翌日から休めるかというとさにあらず。相模原の農村の麦狩りに動員ということになった。毎日一軒ずつ、合計十五軒を回るという。相模原市は現在は政令指定都市であるほどの大住宅街だが、当時は見渡す限り畑で、ポツンポツンと住宅、中央に相模原造兵廠という戦車の工場があるだけだった。戦車の工場といっても、現在の自動車工場のようにラインで続々完成車が出てくるというイメージではなく、一日かけて数台が出てくる。それでも軍国少年たちは頼もしく思い、心の中で拍手していた。

農村は思いがけなく天国だった。田圃がないので米がとれず、三食うどんだが、それでも腹いっぱい食べられるし、しかも午前十時と午後三時には、ざるいっぱいのゆでたジャガイモが出た。毎日、夕食後に次の農家に移るが、「夕食は食べてきましたか?」と聞かれ、「いえ、まだです」と嘘を言って、結果的に毎日、四食食べていた。

と、ここまでは飢えた少年の天国物語だが、もちろんいいことばかりではない。

一、仕事がきつい。私と同じ年齢の農家の家族の少女と麦刈りをしたら、少女は私の十倍の速さ。麦刈りはただ鎌を当てればいいのではなく、残りの茎をできる限り短くしなければならないが、私は長く残ってしまう。

二、寝床には蚊とノミの襲来があり、ぐったり疲れている身でも熟睡できない。

三、風呂の湯を肥料に利用するため、一週間、湯を替えない。故に、下水につかっているような感覚になる。
私の同級生で、のちに学習院大学の教授になったK君にこの風呂の感想を聞いたところ、「気がつかなかったな。顔も洗ったよ」

ということで、「大物は違う」と思った。

しかし、相模原の農家の人たちの名誉のために言うが、彼らは徹頭徹尾、優しくて親切だった。お土産に持ちきれないくらいの野菜をくれたし、しかも「買い出しに来たら、できるだけのことはするよ」と言ってくれた。しかしいかんせん、当時の交通手段では遠過ぎた。


新しい軍需工場は自動車部品工場だった。この工場のおかげで、旋盤やフライス盤、その他の工作機械の熟練工になった同級生も多かった。

私は業務係というところで、電球、手袋、機械油などの工場の消耗品支給の業務についた。もちろん当時は品不足だから、いくらでも供給できたわけではない。受領証には最終的には工場長の承認印まで必要だった。

私の上司の係長は、外面は気難しく融通も利かないように見えた。

「一つぐらい余分に支給してくれてもいいじゃないか」
「そんないい加減なことができるかよ！」
というようなやりとりが日常的だった。
ところがある日、雑談の中で、私の父が煙草を吸わないので配給の煙草が余っていると
いう話をしたところ、係長は急に目を輝かせ、
「ものは相談だが、天ぷら油と交換しないか？」
と言う。私は飛び上がった。天ぷらなんて何年食べていないか。それに、煙草は放って
おくとカビてくる。だから二つ返事で応じた。
「今の機械油は、石油製品ではなくて菜種油なんだ。ただし、盗難防止のためガソリンを
混ぜてある。ガソリンの抜き方も教えるから、あとから煙草を持ってきてくれ。言うまで
もなく、極秘だぞ」
係長はそう言うと、私と油を小型トラックに乗せ、守衛に、
「いつもの仕入れだ。こいつは手伝い」
と声をかけて門を出た。
私の家は仕入先よりずっと遠いので、係長は駅近くのとある店に寄ると、私にくれる油
を降ろし、店の主人と二言、三言交わしたあと、私に「君、帰りに電車に乗る時、ここか

ら持って帰れ」と指示し、仕入先に向かった。

翌日、私は不要になった弁当箱に煙草を詰めて持っていった。係長は喜色満面だ。今から思えば、金鵄《きんし》（ゴールデンバット）という粗末な煙草だったが、愛煙家には宝物だったようだ。

そして早速、天ぷらを作ってみた。係長から指示されたとおり、ガソリンが発火しない程度の高温にして、できるだけガソリンを蒸発させ、落ち着いたところで温度を下げて食材を入れて揚げる。試作が上手くできたので、父の帰った直後に畑の南瓜を、小麦粉がないから衣なしのから揚げにした。

久しぶりの南瓜の天ぷらに、父は驚いていた。

「こんなご馳走、久しぶりだな！」

南瓜は山のように作っていた。当時はトイレの汲取り人も兵隊にとられているから汲取りもストップしており、トイレの中味がそのまま肥料なので出来がよかった。戦後は作ってもなかなか上手くできなかったのは、肥料が違ったせいだろうか？　南瓜は花も食べ、さつま芋は葉も食べた。

疎開中の母や弟たちは、漁村にいるので魚は食べられるが、そのほかのものには不自由していると聞いていたので、可哀想で、この南瓜の天ぷらを食べさせてやりたいと思った。

ある日、級友が耳よりな話を持ってきた。

毎日、激しい肉体労働で、四季を問わず衣類が汚れる。しかし、石けん（昔は化粧石けんと洗濯石けんに分かれ、粉や液体の洗剤は存在しない）などどこにも売っていないし、どんなに洗っても汚いままなのがみんなの悩みだった。そんな中、級友が、「汚れが素敵に落ちる」と透明の固形の物体を持ってきた。その場で、汚れた手拭いを洗ってみると、たちまち綺麗になった。

「これ、なんていう物？」

「知らないが、アルカリだと思うんだ。いくらでもある」

級友が言うとおりのメッキ工場へみんなで行くと、容器の中にいっぱい入っていた。

「持ち出してもいいのか？」

「もちろん内緒だよ」

多くの生徒が、新聞紙に包んだり、空の弁当箱に入れたりして持ち帰った。

私も自宅でそれを使って洗濯したが、本当に素敵に落ちる。当時、断水が時々あったが、私の家には井戸があったので、幸い水には不自由しなかった。

ところが終戦後、その物体が何であったかが明らかになった。それは「青酸カリ」だったのだ。純粋な物ではなかったのかもしれないが、もう少し終戦が遅れたら、汚れと同時に我々の命も落としていたかもしれない。

神風特攻隊とVT信管

神風特別攻撃隊は志願制と言われたが、実際には、参加しない者は卑怯者とか臆病者と見られ、強制と変わらなかった。しかも、最初は少数の者が出撃すると思われていたのが、出撃命令が急増し、再び還ることのないのが当然の義務と化す異常事態になった。

敵方の米国の水兵たちは、いくら砲火を浴びせても一心不乱に突っ込んでくる「カミカゼ」に震え上がったが、それは一時的なことであって、敵もさる者、「VT信管」というものを開発し、昭和十九年から量産態勢に入った。

これはナチスドイツが英国ロンドンに投下したV1号、V2号の技術を発展させたものといわれ、のちのミサイルに装着されたもので、原爆開発に匹敵する巨大計画である。VT信管は、要約すると「電波を発射、目標に接近するとその反射波を感知して弾薬を爆発させる信管」で、同年六月のマリアナ沖海戦から、米艦隊は対空高角砲の砲弾にこれを装着し、日本機がバタバタ撃墜されていく様子を「マリアナの七面鳥射的場」と称して、「カミカゼ」に恐れおののいていた水兵たちを狂喜させた。

この海戦で日本側は二百四十三機を失い、米軍の損害は二十九機だった。日本の精神主義を、米国の先端技術が凌駕したのだ。

数十年後、サウジアラビアのイスラム反米武闘団のリーダー、オサマ・ビンラディン（富豪の一族の出）は、日本の神風特攻隊を研究してイスラム特攻隊を編成し、米国で飛行機操縦技術を取得させたうえで、米旅客機二機を乗っ取り、ニューヨークのビル街に自爆テロを行って世界中に大きな衝撃を与えた。それから数年後、イスラム社会の英雄ビンラディンは、諜報部隊を含めた米軍秘密部隊により、パキスタンの隠れ家を探知され、殺害された。


戦争末期、日本が衰弱し切ったのを見計らったように、ソ連のスターリンが宣戦布告をした。

私たちは配属将校から、こう言い渡された。

「君たちは、爆弾を抱えて待機し、ソ連の戦車一台と一対一で戦うことになる。もちろん、生還することはない」

この時は、言う方も聞く方も本気だった。

その頃、神風特攻隊が賛美され、毎日のように、還ることのない自爆攻撃に出発していった。

私たちの勤務している工場は川崎市内だったが、ある日、昼間に横浜大空襲があった。横浜は東京や川崎と比べて、高射砲陣地や工業地帯以外は意外にも空襲が少なかったので不思議だったが、この日はB29はもちろん、護衛のP51という戦闘機も大群でやってきて、横浜市内を徹底的に破壊した。それも真昼間に実行したので、市内は猛煙で夜間のように真っ暗になった。

私も級友たちも住居は横浜市内であったから、みんなガックリきていた。しかし不幸中の幸いで、空襲は中央部に集中していた。周辺部の鶴見区付近は工場地帯が既に徹底的に破壊されているので、今回は爆撃の対象から外れていたようで、みんなホッとした。しかし、帰宅時が大変だった。電車が全部ストップしているから徒歩の帰宅だ。問題は川崎と鶴見の間を流れる鶴見川の鉄橋だ。確かに東京と神奈川の間の多摩川と比べると小さいが、それでもみんな初めての体験だったから急流を見ないようにしながらゆっくり這って行った。

大空襲の副作用で物流はいよいよ悪くなり、食品はもちろん、日用品も全く目にすることはなくなった。何しろ店というものが既に消えていたのだ。だから衣食もなくて、浮浪者か乞食のような姿での生活が続いた。

戦争末期の悲劇の一つに生活必需品の盗難がある。大小の店舗がすべて閉鎖している。人々は戦地や疎開に行っており、物品の流通もすべてストップしているからだ。毎日空襲が続いて衣食住に事欠くようになった頃、めぼしい日用品から飼育している鶏、兎まで根こそぎ盗まれるようになった。さらに手紙等の郵便物と一緒に最後まで配達されていた郵便小包が犯人が不明なまま中味を抜き取られるようになった。中味はいうまでもなく食品、医薬品、衣類等の生活必需品。最初は一部を抜かれたまま配達されたが、やがてまるごと盗まれるようになり、小包を出す人はいなくなった。

昭和二十年七月二十六日にポツダム宣言（米英中三ヵ国による）が発せられ、「軍国主義の除去、国土占領、国土削減、軍隊の武装解除、戦争犯罪人の処罰」を提示してきた。日本の新聞は、内容はそのまま報じたが、「三国共同の謀略放送」とした。政府の方針が「黙殺」だったからだ。特に指導者は「国体の護持」ということにこだわり、「天皇制」の廃止を一番懸念した。

一方、外務省の意見は「受諾」の方向で決まっていた。しかし、軍は徹底抗戦で本土決戦の準備も進めていたので、事を急いで内乱のような事態が生じては元も子もない。

さらにこの時、ソ連を介しての和平工作が進められており、近衛文麿元首相の派遣をソ連政府に打診している最中だった。

東郷外相は同月二十七日の最高戦争指導会議と閣議で、外務省の見解を主張した。それは、「基本的には受諾するが、ソ連の仲介で条件を少しでも有利にする」ということであった。ところが、実情は日本側の思惑とは全くかけ離れていた。

遡る昭和十八年十月十九日の米英ソ三ヵ国外相会議の席上で、スターリンが明確に対日参戦の意向を表明した。それまでドイツ軍との戦争で精一杯で、対日参戦を求める米英の勧告にはほとんど耳を傾ける余裕を持たなかったが、スターリングラードにおける対独戦闘の大勢が決し、太平洋一帯に伸び切った日本軍の最前線が、ガダルカナル撤退を発端として崩れ始めた。スターリンはこの時期に、ソ連の勝利と日本の敗北に確信を持ったのだ。昭和十九年十一月六日の革命記念日のスターリンの演説では、日本を「ドイツと同列の侵略国」と露骨に攻撃した。

当時の駐ソ大使の佐藤尚武は重光葵外相に、「対ソ警戒強化」を訴える至急電報を打ったが、日ソ中立条約を信じる日本の指導者たちは相変わらずソ連を信頼し切っていて、それを通じての和平工作を続けた。あるいは、「溺れる者は藁をも掴む」気持ちを変えることができなかったのかもしれない。

昭和二十年二月四日、ウクライナのヤルタで米国のルーズベルト大統領、英国のチャーチル首相、ソ連のスターリン首相の三者会議が行われた。

米国はドイツ降伏後、日本を屈服させるには少なくとも十八ヵ月を要し、連合軍の損害は百万人の死傷者が見込まれるという判断を示していた。この損害を最小限に止めるためには、ソ連の対日参戦が最も望ましいというのが、ルーズベルトをはじめとする米国首脳部の立場だった。

スターリンは、この米国側の切羽詰った立場につけ込み、戦後処理に限りない欲望を示した。スターリンは国際共産主義の盟主として、共産圏の拡大という使命感はあったが、対日戦参加の際は、さらに日露戦争の敗北の雪辱という民族的な感覚も強かった。そのため、帝政ロシアの時代、中国に保有していたシベリア鉄道から接続の満州鉄道の使用権、不凍港大連（商港）、旅順（軍港）等の使用権の回復、さらに朝鮮、日本の南樺太、千島列島、北海道を加えるという考え方を示した。ソ連にとっては、極東の開発には冬も稼働できる港が絶対に必要だったのだ。

ルーズベルトが、蔣介石総統も加えての検討を約したが、スターリンは、「なぜ大きな紛争を抱えていない日本とソ連が戦争しなければならないのか国民に納得させるため、参戦を国益と結びつける」と説明した。

結局、ソ連はドイツ降伏後、三ヵ月で対日戦に参戦することが決まる。昭和二十年八月八日である。

ところがドイツ降伏後、ソ連は首都ベルリンに拠点を置き、東欧諸国、バルト三国まで支配下に置き、鉄のカーテンを下ろした。

米国ではすでにルーズベルトは死去しており、トルーマン大統領に替わっていたが、ソ連のこの強硬な国策に驚き、この調子だと米軍が沖縄で立ち往生している間に、アジアもみんな食われてしまうと大いに悩む。しかしその頃、原子爆弾実験成功の第一報が入り、トルーマンは「これだ！」と飛びついた。

日本側の最高戦争指導会議では、鈴木首相、東郷外相はじめ大多数がポツダム宣言受諾を主張した。ただ東郷外相は、ソ連に和平の仲介を依頼しているのでその結果を待ちたいとの意見を述べた。豊田軍令部総長は、士気に影響するので陛下の大号令を得て拒絶すべきと主張。結果的には、「ソ連の回答待ち」ということで散会した。

ポツダム宣言が発せられた昭和二十年七月二十六日から八月十五日までは、空しく費やされた二十日間だった。特に陸軍はあくまでも本土決戦を主張していた。

この間に、広島、長崎と二度の原爆投下があり、ソ連の参戦があった。これだけで少なくとも三十八万人余の死者が出た。

「新型爆弾（原子爆弾）は、白衣を着ていれば防げる」などと新聞で報じられていたので、私たち日本国民にとっては、「未曾有の破壊力を持ったもの」というようなイメージからは遠かったのだが……。

米軍の日本進攻作戦は、昭和二十年十一月一日に九州上陸、五ヵ月後に本州上陸というプランになっていた。

最近の米軍公開の古い文書によると、原子爆弾の開発当時、実際に活用できるものが九個造られ、マーシャル陸軍参謀総長が、「月に三個ずつ使用すれば、プランをかなり短縮できるだろう」と発言したとある。マーシャルは戦後に「マーシャルプラン」によって欧州の人々を飢餓から救ったというイメージがあるので意外な印象だが、戦争というのはそういうものなのだろう。

やがて「終戦」と称する日本の無条件降伏を告げる天皇のラジオ放送（玉音放送）があったが、その日でもまだ水兵さんたちが防空壕を掘っており、さらに、陸軍か海軍か不明の日本の戦闘機が「徹底抗戦しよう！」というビラを大量に撒き続けていた。

終戦直後の混乱の中で

終戦直後の自分を回想すると、長い戦争の末の予想外の終結で茫然自失だったと言える。「夜、電灯をつけてもいい」と言われても、数日間は近所を見回して確認していた。近所で毎晩「明かりが漏れてるぞ！」と大声で怒鳴り合う声が頭にこびりついていたのだ。しかも、「米兵が乱入してくる」というデマにも、「殺されても仕方ない……」と抵抗の気持ちなどサラサラなかった。

しかし、Ｂ29が来なくなり、高射砲やサーチライトがない日が続くと、今までとは別の青い空が見えた。

私の職場には工員たちが大群衆で押しかけ、「電球よこせ！」「軍手よこせ！」と大騒ぎだった。

係長が「会社のものだから、駄目だ！」と怒鳴ると、「自分だけいい思いをして！」などの野次が飛び、事務所を破壊しそうな勢いだった。

「一人一点だよ！　できるだけ多くの人に行き渡るように！」

と私が怒鳴ると、意外にも工員たちは従順に列を作った。

倉庫は短時間のうちに空っぽになり、ありとあらゆる物が消えた。

翌日から学校へ戻れると期待していたら、今度は鶴見郵便局へ派遣されることになった。

当時は電話などないから、私用、商用の連絡には電報が使われ、電報係に客が集中した。郵便局も人がいないので、手紙の整理、郵便切手その他の販売に多忙を極めた。

私は電報係に配属された。電報を打ちたい人が急増していることで、戦争が終わって平和経済が活性化し始めていることを身近に感じた。私の役目は、ただ電報を受け付けるだけではなく、電文をできるだけ簡略化するという役割もあった。電報受付のキャパシティが爆発せんばかりだからだ。

例えば、「ソウダンイタシタキコトアリ　シキュウコラレタシ」という電文を、「ヨウアリ　スグキテ」と変える。「スグコイ」では失礼な場合があるから「スグキテ」にするのだ。一番つらいのは、挨拶程度の不急電報は断らなければならないことだった。

そのうち、米兵がジープで乗りつけてくるようになった。最初の一ヵ月くらいは彼らはピストルで武装していたが、その後は全く非武装で来る。

日本人たちが、「ギブミーガム」「ギブミーチョコレート」などと声をかけると、最初はすぐ応じていて、特に女性には百パーセントあげていた。

しかし、やがて、「ノー！」と追い払うようになった。

彼らが郵便局に立ち寄る用件は、主に道案内だ。たまにコレクション用に郵便切手を購入することもあった。ある日、一人の米兵がジープで乗りつけた。そして大声で英語をまくし立てる。鶴見郵便局きっての英語通と言われている人が登場すると、米兵は一枚の手描きの地図を差し出し、一点を指してまた何かまくし立てる。私が覗いてみると「ＳＣＨＯＯＬ」と書いてあるのが見えた。その付近に行こうとしているらしい。しかし、英語通のはずの人は、

「スチール？　スチールって何だ？」

としきりに首をかしげている。

なんだ、大したことなかったんだな……と私たち中学生は顔を見合わせた。

そこへ白髪の紳士が近づいて、米兵と二、三言葉を交わすと、うなずいて流暢な英語で説明し、米兵は「サンキュー」と言って去った。

周囲にいた全員が尊敬の眼差しで老紳士を見ている。紳士は電報を打ちに来たようだが、その電文を読んで今度は私が悩んだ。丁重な御礼の電文なので、受け付けられない不急電報の対象だったのだ。仕方なく、理由を説明して断らざるを得なかった。今、目の前で恩恵をこうむったばかりなのに心苦しかった。しかし、紳士は意外にもすぐ納得して去った。最後まで格好いい。自分もこういう紳士になれたら、と痛感した。

鶴見郵便局は第一京浜国道に面していた。ある日、厚木基地にいたマッカーサー元帥の総司令部が、東京の第一生命ビルに移転するということで、国道は一日中、数千台の米軍車両の行列が続いた。鯨のような上陸用舟艇、巨大な戦車群、無数のトラック、ジープ、大砲の牽引車等が続く。それを見ていた日本人のすべてが、「こんな国と戦ったのか！」と感慨無量だったと思う。

日本の唯一の功績と言われる、数世紀にわたる白人支配による植民地解放も、自分たちも一等国だからと持った植民地の満州、朝鮮、台湾も手放すことになり、功罪が相殺になった。国際感覚が貧弱だったことを痛感する。

しかも、その多くの植民地（満州、朝鮮、台湾を除き）の人たちが日本に感謝していると思っている日本人も多いかもしれないが、アジア各国の教科書を見ると、シンガポール、フィリピン、ミャンマー（ビルマ）、マレーシア、ベトナム等、共通して、感謝どころか怨嗟の的になっていたのだ。食糧の収奪、反日運動家や捕虜の虐待、虐殺、貴重品の略奪等が激しかったとしている。この原因の一つには、日本軍に対する内地からの武器、食糧その他の補給が、敵側の潜水艦や飛行機の攻撃で完全に途絶したということもあろうが、ベトナムなどは、日本、フランス、米国と続けて敵が変わったことになる。

終戦の翌日から、マスコミの論調も、一言も弁解することなく百八十度転換した。「実はこの数年、全くデタラメな報道をしていました」と書いた新聞は一紙もなかったが、その後のソ連崩壊後も同じような現象があったから、私は政治というものは〝嘘〟を常習的に使うものだと割り切るようになった。

おそらく、日本国民の九割は、自国のマスコミを百パーセント信じていたと思う。


鶴見には曹洞宗大本山の總持寺があり、広大な境内の一部に、米英軍将兵の捕虜収容所があった。その収容所へＢ29が超低空で巨体を現し、パラシュートで日用品、食品等を無数に投下した。だが、収容所内にうまく落ちずに外部に落下する物も多数ある。もちろんガードしている日本人（「憲兵」の腕章を巻いているが非武装）がいるが、少人数だから隅々までを取り締まることは不可能だ。だから周囲には無数の少年たちが待機していて、その落下物が落ちてきた瞬間、荷をひったくる。そして全力で走るが、ラグビーよろしくほかの少年がタックルし、その瞬間、箱が吹っ飛び、中からハーシーズのチョコレートがザーッと飛び出したりするのだ。それを見た通りがかりの老婆が、

「孫に食べさせてやりたいから、分けて！」

とせがむが、少年たちに突き飛ばされて、争奪の渦からはじき出される。

あとで聞いた話だが、親類にも見放された戦災孤児たちが東京から多数流れてきてお

り、彼らは盗みで生きていたという。政府は何もしてくれないし、幼い弟や妹にも食べさせなければならない。彼らは盗まなければ餓死するしかないのだ。だから、手に入れたチョコレートも自分たちでは食べず、芋類と交換して食料にしていたということだった。

〈戦時中米英捕虜のエピソード二題〉

①ゴボウがおかずに出た時、「日本人は我々に木の根っこを食わせて、虐待だ」と騒いだそうで、これに対して日本人が「ジャパニーズサラダ」とおいしそうに食べるのを見せたら収まったという。

②捕虜の作業場（主として荷役、土木工事）を私たちが通りかかると、彼らはジロジロ見ながら喋っていた。私たちは「自分の弟や子供を思い出しているんだよ」と想像していた。

上海で紡績会社を経営していた伯父（父の次兄）が、妻と息子、娘と四人で帰国する途中、ピストルの流れ弾に当たって亡くなった。

上海で活躍している頃に写真を送ってきてくれたが、伯母はもちろん洋装で、颯爽としており、召使いも多数いて王侯貴族のような生活だとみんなから羨ましがられていた。

和歌山県にはアメリカ村があって、帰国した人たちが住んでおり、これから移民として渡米する人たちに指導もしていた。和歌山県では昔から、「外国で一旗揚げる」という風潮があったという。

ところで、この伯父の息子、つまり私の従兄の話によると、私の父と伯父のいずれが上海に行くか相談を受けたという。また、万里男という名は従兄に付けられるはずの名前だった、とも。私が父にこの真偽を聞くと、前者は事実で、後者は事実無根だということであった。

伯父が亡くなり引き揚げてきた伯母一家は苦労したようで、親戚中が援助したと聞いている。


久しぶりに、たまたま横浜の繁華街に出た時は、その光景に目を見張った。米兵がたくさんいて、全員が日本女性とつがいになっているのだ。あとで聞いたが、彼女らは「パンパンガール」というらしい。しかし、日本の男たちは戦闘帽にボロボロの衣服で、ニュース映画で見た上海の苦力《クーリー》といった印象だ。敗戦を心に刻み付けられた瞬間だった。

敗戦が報じられた時は、私の近所の女性たちは老いも若きも米兵に犯されたうえ、殺されるという噂が飛び、再度疎開を考えた人も多かった。近所のいかつい鬼婆のような形相の老婆も、山奥へ逃げる準備をしていたので、「米兵の方が逃げるよ」と陰口を叩く人もいた。事実、犯罪は多く、新聞は「大男に襲われた」という表現で記事にした。しかし、やがて日本の警察もピストルで武装するようになり、国民も頼りにするようになっていった（戦前はサーベルだった）。

横浜では戦前は一番の繁華街は伊勢佐木町だった。戦後、主なデパート、レストラン等は米軍にPXとして接収された。そこは、停電が毎日のように起こる日本人の家庭を尻目に、二十四時間煌々と真昼の明るさで、ジャズの演奏が聞こえ、豪華なレストランは天国のようなご馳走の香りを通りかかる飢えた日本人たちに印象づけた。

この米国人たちのお相手はもちろんすべて日本女性で、店の従業員もいたが、現地妻の方が多かった。彼女たちの中で結婚して米国へ渡ったのはほんの一部という。混血児もたくさん生まれたが、施設に預けられた子も少なくない。

また、空襲と外地からの引揚者の急増で、戦後の住宅難はひどく、住宅公社の分譲住宅も一人三畳という基準であったが、申込みは常に一〇〇倍を超えた。

神奈川県内（例えば逗子）の広大な土地が整備され、米軍住宅群の建設が始まり、私は大量の木材が運ばれるのを見て、「これが日本人に使われればなあ」と嘆息した。聞けば、米国製のボイラーつき冷暖房給湯設備、冷蔵庫、水洗トイレも運び込まれ、日本の二十年以上先を行っていた。

私自身は爆弾の破片で孔だらけの隙間風タップリの住宅で、父母、兄弟三人と結婚するまで住んだ。

従兄の政ちゃん　その三

戦争中、ずっと付き合いのあった従兄の政ちゃんは、終戦後に警察庁に入った。親類たちからは、「東大工学部を出て、警察？」とやっかみ半分の批判もあったが、彼はパトカーや一一〇番のような警察システムの近代化にも尽力し、警察大学校の校長にもなった。奥さんが素敵な人で、昔風というか、うるさい姑（父の姉）にもよく仕え、政ちゃんにも献身的で、一人息子も東大を出て高級官僚になった。

政ちゃんの晩年、和歌山で親戚の葬儀があった時、私は車で行ったので帰りに多壱子叔母（父の妹。医者）を乗せて、父と一緒に、父の姉がいる政ちゃんの家（三鷹市内）に連れていった。すなわち、父とその姉妹の三人を会わせるためである。

会合のあとの三人の表情は晴れやかだったので、私は嬉しかった。父の姉は九十代、父と妹は八十代の時である。

「どうだった？」と父に訊くと、「久しぶりで、みんな喜んでたよ」とうなずいた。

「どんな話をしたの？」

「三人とも全然聞こえないんだ」

どうやらジェスチャーが多かったようだ。多㐂子叔母も同様の反応だった。三人とも補聴器がうまく作動しないため、使わないでいた。

そこに、政ちゃんが出てきた。

「政ちゃん、いたのか。それならいろいろ話したかった。政ちゃんは奥さんがいいから、大出世したね」

私は冗談半分にそう言ったのだが、政ちゃんは「そうなんだ」と深くうなずいた。

ところが、驚いたことにそれから一週間後、政ちゃんが亡くなったと電話があった。私には信じられなかった。九十代のお母さんより先に逝ったのだ。

第二章

大学時代

「早稲田大学新聞会」での活動

大学受験ではいろいろ苦労したが、一年目に神奈川大学に入学、二年目に早稲田大学法学部に入学した。昔は厳しかった父もよほど嬉しかったのか、早大の入学式にも卒業式にも同伴した。

数十年後、偶然、私の娘が現役で早大に合格したので、私も嬉しさのあまり入学式にも卒業式にも同伴した。

今から考えると、せっかく法学部に入ったのだから、司法試験、行政官や外交官試験、公認会計士試験などに合格して、公認会計士、官僚、判事、検事、弁護士等になるべきだったと思うが、若い時の生意気盛り、そんなすごい力を持つ国家試験のことなどさらさら頭になく、新聞記者になりたくて「早稲田大学新聞会」に入った。

一応、入会試験があり、合格率は五十パーセントくらいで半分は落ちたが、私は幸いにして合格した。会活動が忙しくて授業にほとんど出られないのが最初は気になったが、結構楽しい日々を過ごした。名刺に「早稲田大学法学部」と「早稲田大学新聞編集部」の肩書を併記して差し出すと、取材相手は大抵ギクリとする。大学新聞でこうなんだから、本物の新聞記者はもっとすごい反応があるんだろうな、と思った。

しかし、当時は学生運動が盛んで、キャンパスは朝から晩まで騒然としていた。試験ボイコットも常態化していた。これはよく考えるとおかしなことだ。授業料を払って進級させてもらう側が、その権利を放棄するということは、自分の首を絞めているのだから。しかし、試験が嫌いなことは万人共通しているので、すぐ賛同される。

その反面、授業が終わると図書館へ直行し、休講やストでも図書館へ直行する同級生もいた。仲間内では「ガリ勉野郎」と言われていたが、入学当初から司法試験の準備をしていたのだ。話をしてみると明るい性格ですぐ仲良くなれたし、彼は在学中に司法試験に合格した。当然、司法界に進出しただろうと思う。

法学部の学生は数百名いたが、そのうち女子学生はたった一名だった。私は小学校から中学校（旧制）まですべて男子クラスという環境だったが、偶然、彼女と仲良くなる環境に入った。

当時、日本共産党に大事件が起こった。大幹部の野坂参三が、「米国帝国主義に奉仕している」と、中国共産党機関紙の所感で述べられたのだ。確かに、長い間拘留されていたり外国に亡命していた政治犯が、米軍のおかげですべて解放されたのだから、米国様様だった。

早大共産党細胞でも総会を開いた。当時、共産党員は東大二百人、早大三百人と言われていたが、早大はもっと多かったかもしれない。私もその一人で、早大新聞の編集員の過半数も党員だった。私は早大の先輩に勧められて自宅の方でも入党していて地区細胞として活動していたが、父が日産自動車の大阪工場（現在は閉鎖）長として赴任して、母と下の弟がついていったので、上の弟と二人だけで住んでいたため、地区細胞のメンバーが毎日、機密書類の印刷に訪れた。

ある時の早大細胞の総会に向かう途中で、法学部の紅一点の女子学生と一緒になったが、「中川さんがついてくるから、なんとか引き離そうと苦労していたのよ。まさか同志とは思わなかった」

と苦笑していた。

その時の総会は、なんと十時間以上も続いた。教授や助教授、助手もいた。

長い時間の討論の末、共産党は結局、全国的に分裂した。

主流派：米国追随はやめ、日本共産党の主体性を持った独自の道を歩む

国際派：米国帝国主義は我々の敵、という認識を強め、ソ同盟、中国共産党との連携を深め、場合によっては武力闘争も辞さない

そして後日、新聞会内も騒然とした。やはり二派に分かれたからである。編集長は主流派で、国際派の連中を「ハネ返り」と揶揄した。国際派は、「我々は生き甲斐のある時代

に生まれた。銃をとって武装闘争する日が待ち遠しい」という調子で、取材から帰ってこないと思ったら、デモの先頭に立って指導し、警察署に留置される始末。

長い間、呉越同舟の時代が続いたが、夜になるとみんな一緒に近くのそば屋に行き、毎晩ラーメンや天ぷらそばを食べる。もちろん、費用は新聞会持ちだ。いつも大体、会は豊かであった。何しろ書籍の広告費が滝のように入る。特に野球の早慶戦の合同編集版には、掲載しきれないくらいの広告が集まった。

私はこの「早大新聞」と慶應大学「三田新聞」の合併号の編集の打ち合わせのために、三田新聞編集部を数回訪れた。三田新聞は華やかで、編集部には学生以外に女子事務員を何人か雇用していて、私が行くと下にも置かぬもてなしだった。やはり角帽が魅力らしい。早慶戦は、三田新聞の紙面では「慶早戦」となっていた。印刷は双方とも日本経済新聞社で行っているので話が早い。

合併号は早慶戦の開催日に売るのだが、一部十円だし、買い手がいつもの学生以外にも、ＯＢを含めた一般の人たちがいるから、大変な売上げになる。

これらの利益で、新聞会では年に一、二回慰安旅行を催していた。私たちが行ったのは夏の志賀高原発哺温泉「天狗の湯」で、当時は旅館の外壁に無数のイワツバメが出入りしていた。

近くにお茶の水女子大専用の宿があるということで有志が出かけたが、結果は聞いていない。

この旅館の環境があまりに素晴らしかったので、後年、私の新婚旅行に利用した。昭和三十年代のことで、今ならゴールデンウィークでごった返す五月三日だったのに、深雪の中に埋まったままで、到着するのにスキーリフトを特別に動かしてもらった。数日泊まったが、客は我々だけ。宿の人たちには迷惑だったと思う。

さて、早慶戦の話に戻るが、早慶戦には天皇・皇后の行幸啓という日があった。早慶双方のバンドは「君が代」を演奏した。

私は「天皇制反対」の共産党員たちがどんな態度をとるか興味があった。

両陛下が手を振って微笑を浮かべた時、「天ちゃん！」という叫び声が聞こえた。会の中で最も過激な国際派の某君だ。ほかの党員たちも、群衆と一緒に夢中で手を振っている。私は、「やっぱり日本人だな」としみじみ思ったものだ。

お金の失敗

新聞記事にするために、取材でよくインタビューを行う。有名人も多いが、大学の新任理事などの場合もある。大抵の場合、茶菓を出してくれるが、某理事は「食事でも」と、帰りに五百円を渡してくれた。当時の物価から換算すると、今の五千円から一万円ぐらいの価値になるかもしれない。貧乏学生にとっては大金だ。それを、黙っていればいいのに、つい新聞会員たちに洩らしたものだから、たちまちたかられて足が出た。

新宿の盛り場で詰め将棋をやって、「一手五十円」と書いてあるので、下手の横好きで手を出したら、一万円以上ふっかけられたこともあった。間の悪いことに、授業料の三千円を懐中に忍ばせていたため、ヤクザ風の男にそれを巻き上げられ、

「学生がこんなことに手を出すんじゃないよ」

と突き飛ばされた。

新宿警察署に泣きついたところ、

「学生がそんなことに手を出すんじゃないよ」

とヤクザと瓜二つの言葉を投げかけられた。グルじゃないかと思ったくらいだ。

詐欺にもあった。大学の先輩という男に、戦地の体験談を大学構内で聞かせてもらっていたが、私があまりに熱心に聞くので、私の横浜の自宅までついてきて、夜遅くまで話し込んだ。帰る時になると彼は、

「電車賃がちょっと乏しいから、五百円貸してくれる？」

と言う。私も懐具合が厳しかったが、話が楽しかったので二つ返事で応じた。しかも彼は住所・氏名をメモして置いていった。

数日後、その住所を訪れて詐欺ということがわかった。新宿の警察に届けると、最近、学生に詐欺の被害が多いという。

その数日後、警察から「容疑者が逮捕されたので面通しをしてほしい」と連絡があり、すぐ出向いた。

しかし全くの別人で、容疑の内容も違ったが、警察が参考にと、犯行に使われた偽造の「学業成績表」を見せてくれた。全科目が「優」で、大学の総長印まで捺してあった。

憧れの女性

小学生の時、近所にAさんという私と同学年の女子がいた。世の中にこんな美しい人がほかに存在するだろうか？　と、すっかり私の憧憬の的であった。小学校の全く純粋な事務連絡のために彼女が我が家の玄関に現れた時は、女神が出現したような気がして何日も眠れなかったものだ。

私が大学生の時、彼女のお母さんが、私が娘さんと同学年であることを知っていてか、近所に早大生がいなかったこともあり、弟さんの早大入学に力を貸してほしいと相談に訪れた。競争の激しい商学部を志望しているという。普通ならすぐ断るところだが、彼女との縁ができるかもしれないという下心から、私は引き受けることにした。

しかし、入学試験に縁故採用は利かない。それこそ飛び上がるような寄付金でも払えば影響を与えることができるかもしれないが、このお宅は大富豪ではない。私はお母さんにその趣旨を充分に説明し、あまり期待しないように言ったが、下心があるので「全力を尽くす」と伝えた。

幸いにして、新聞会の会長が商学部の教授だった。さらに私は、共産党細胞で商学部の助教授とも親しくなっていた。この二人のお宅へ菓子折りを持って、お母さんと私とが訪問した。教授宅は本人は不在だったが、奥さんが応対してくれ、受験が成功した場合にはそれなりのことを暗に約して別れた。助教授も努力を約してくれて心強く思ったが、肝心の受験生本人の学力は、謙遜ではなく大したことなさそうだった。

結果は不合格だった。翌年も合格しなかった。二浪して三年目に合格し、やっと入学できたが、私はなまじ期待を持たせたことを悔いた。

その後、新聞会で主催して、毎日交響楽団（当時）によるチャイコフスキーの交響曲「悲愴」の演奏会を大隈講堂で行ったのだが、出入口で受付をしていた私の目の前に、彼女が女友達と現れたのである。

彼女は草笛光子や岸恵子の出身校の平沼高等女学校を出て薬科大学に入っていることを風の便りで聞いていた。もちろん、言葉を交わす暇もなかった。演奏会終了後、探したが全く無意味だった。

それから数十年後、小学校の同窓会があって、大部分が古稀になっていたが、彼女の面影は昔のままだった。彼女が、「長男が川崎市で歯科医を開業している」と言っていて、偶然、私の弟二人の息子たちも歯科医になって川崎で開業しているということで談笑した。彼女の弟さんのことについては、ついに触れなかった。

医者を目指した弟

大学時代は弟と二人で自炊生活だった。父が日産自動車の大阪工場長になっていて、母と下の弟が同伴していたからだ。

弟と二人の食卓は、毎日のように喧嘩であった。というのは、炊事当番は一週間交代で、「味が薄い」また「濃過ぎる」と罵り合いになったからである。しかし戦争中に飢餓を経験しているから、深刻な喧嘩ではなかった。

弟は医大入学志望であった。そのきっかけは、父の希望によるものである。父は医者志望の自分の妹を、生活費から学費までバックアップして成功させ、一人前の女医を誕生させた。この叔母は日本郵船の船長さんと結婚したのだが、潜水艦に沈められ、未亡人となった。しかし二人の遺児を抱え、たくましく生活しており、娘を外科医にまで育てた。

父は私も医者にするつもりで、私が中学校の時も、学校に提出する書類の将来の希望職種という欄に「軍医」と勝手に記入した。私は空襲の時に死体を見ただけで身震いしたし、ペットが大好きだが、犬やニワトリが死んだ時は泣くだけ泣いて死体にも触れられず、医者には全く向いていないと思っていた。

大学時代の私の睡眠時間は大体八時間くらいだったが、弟は四時間ほどだった。それも一日や二日の話ではなくて、何ヵ月も続けるのだから、体を壊すのではないかと心配したが、どうしても眠い時は仮眠するという。まだ食糧事情も正常化する前なので、栄養で補うということも難しかった。

ある時、私は父母の様子も見たくて大阪に行った。

父の社宅は箕面市というところにあった。驚いたのは、三階建ての西洋建築がズラリと並んでいることだった。いわゆる高級住宅地だ。私は田園調布に早大の友人が住んでいたのでたびたび訪れていたが、こんなにすごい住宅は見かけなかった。あとで聞くと、大部分が米軍の将校に接収されていたとのことだった。

父の社宅も想像を超えた広大な邸宅だった。もちろん日産自動車は一部上場企業なので、関西経営者協会でも幹部級だそうだ。父は関西出身だから、故郷に錦を飾ったことになるのだろう。

しかし、いいことばかりではなかった。日産自動車労働組合の争議は一年半に及び、日本の労組史上、類を見ない長期のストになった。母の話だと、父が消化器の病気で入院している病室まで組合員が押しかけて、団体交渉を強要したということだ。

私はこのストの指導者の益田哲夫という男が弁じるのを見たことがあり、弁舌さわやかで理路整然としている印象を受けたが、新聞では、「このストで会社がつぶれても構わない」ということを言ったと報じていた。事実、日産はトヨタより強大だったが、完全に引き離されてしまい、トップメーカーの地位を譲った。

父は組合員たちに、「会社がつぶれては元も子もない。君たちも失業者になるんだぞ」と説得していた反面、社長や重役に対しては、「社員たちの待遇をもっと考えてやる必要がある」と進言していたそうだ。そこが純粋の技術者らしい部分だが、相手の思惑は無視してしまった。

「世渡りが下手。だから重役になれなかったんだ」と弟はなじった。

その弟は無事、横浜市立大学医学部に合格した。

ささやかだったがお祝いの席が設けられ、学友の一人が「何科をやるんだ？」と訊くと、

「そりゃ、産婦人科さ」

と一人が茶化し、ドッと笑いが起こった。

弟は真面目くさって、

「産婦人科は診察が昼夜問わない。夜中も起こされる。僕はよく眠りたいから、耳鼻咽喉科をやるつもりだ」

と答えていた。ずっと四時間ほどしか眠れなかった試験勉強がよほどこたえたのかもしれない。


入学後、弟は大学から実験用のハツカネズミを分けてもらい、ペット店から回し車付きの飼育箱を買い、ネズミがクルクル回す様子を見て喜んでいた。

一方、私は栄養補給のためにと、デパートのペット店からニワトリを雄雌つがいで買ってきた。毎日卵を食べるつもりだ。

ニワトリは庭で放し飼いしていたのだが、ある日、雌が行方不明になった。雄は毎朝コ

ケコッコーと鳴き続けるが、雌は一向に帰ってこない。しばらくすると、隣家との境のこんもりした林の中にうずくまっている雌を見つけた。抱き上げると十二個の卵を抱いている。慌てて巣に戻し、抱卵場も設けて餌や水も与えた。ヒナは三週間で孵ると聞いていたので、急いで柵を作り、その中に収めた。

ところが三週間経った頃、ニワトリが声を上げてバタバタ騒いでいる。駆けつけると、なんと柵の隙間からヒナが外に遊びに出てしまい、それを狙ったネコがサッとさらって素早く逃走していた。親鶏は大騒ぎだ。

ヒナの大部分は助かったが、もともとイヌ派の私は、いよいよネコをすっかり嫌うようになった。

ヒナは順調に育って体もどんどん大きくなり、中ビナになっても相変わらず母親の懐にもぐる。まるでヒナたちで母親をお神輿ワッショイしているようだ。

そのうち、また椿事が起こった。弟の飼っているハツカネズミたちがカゴの外に飛び出してしまったのだ。何かの拍子にカゴがひっくり返ったらしい。ネズミたちが庭へ飛び出すと、雄鶏が飛んできてパクリパクリとみんな飲み込んでしまった。もし逃げおおせても、またネコにやられたかもしれない。大学から帰ってきて事情を聞いた弟のガッカリした顔といったら……。

弟はインターン期間中、慶應大学の医局に入った。そしてドイツへの留学費用と開業資金について宮井平安堂の叔父に相談に行った。叔父は快く融資(第三者に金額は不明だが)に応じてくれた。弟は三年間留学したが、帰国時は別人のように痩せ衰えていたから大変な苦労を味わったことは誰の目にも明らかだった。その後、開業医院の敷地を決めておきたいと、大きな駅前のある酒屋（卸小売兼業店）に交渉に行った。

その結果は、私に直接話したのではなく母から間接的に聞いたのだが、「敷地は無償で差し上げる。その代わり、娘を嫁に貰ってくれ」とのことで、それは辞退したが、その後、開業してからも、どこかの令嬢が重病でもないのに診察を受けに日参し、チョコレートのセットを持ってきたという話も聞いた。

弟は結局、同級生の女医と結婚。その人は精神科の勤務医になり、息子はのちに歯医者になった。その後、母から、弟が叔父からの多額の借金を早期に返済したということを聞いて、よかったと思うと同時にやはり医者というものは収入がいいんだということを感じた。

スキーとアルバイト

新制大学の必修科目に体育があった。この体育には一年中定期的に行うものと、シーズンスポーツの二種があり、選択制だったので、無精な私は一回で単位のとれる後者のスキーを選んだ。父からのお下がりのヒッコリー製の高級スキー板、ちょうど私の足にも合うスキー靴が揃っていたこともあるからだ。普通は一式揃えると数万円かかるものだから、慢性金欠病患者には良薬だった。近年、日本選手（特に女子）の活躍が目覚ましいスピードスケートの靴もあったが、兄弟三人ともフィギュアをやっただけで、とうとう活用されずに死蔵のままになった。

大学のスキー会場は長野県の野沢温泉で、オリンピック選手だったという教授の指導で訓練が行われた。

しかし、まず自宅を出発して現地へ行くまでがひと苦労だ。重いスキー板とリュックをかつぎ、重いスキー靴を履いてやっと上野駅に辿り着くと、たくさんのスキー客で、なんとホームは超満員だった。それぞれの荷物が色とりどりで華やかで、誰も彼もがベテランに見えて身のすくむ思いがした。そしていつもと雰囲気が違うのが、これまで登山を含む各種スポーツを行うのは男性が圧倒的だったのが、スキーには女性も大勢参加していることだ。

現在と根本的に違うことは、現在は女性がさらに増えていること以外に、
一、車でスキー場へ行く人たちが多い。
二、スキー用品は宅配便で送るか、レンタルを利用する人も多く、かついで持っていく
　人なんていない。

しかし、スキー板をかついで歩く姿を羨望の眼差しで見送られたという経験も忘れられない。

さて、いざスキー場に着いてみると、なんのことはない。上野駅で一流スキーヤーに見えた大部分の人たちがスッテンコロリンだ。これは入学試験場の雰囲気に似ている。周りの競争相手がみんな秀才に見え、自分は劣っている感じを受けるが、実態はこのスキー場と同じなのだ。むしろ、地元の子供たちこそが、粗末なスキー板にボロ布で長靴を留めてスイスイ気持ちよく滑っている。都会人たちはそれを口を開けて眺めている。

「スキー板にたっぷりワックスを塗ると速く滑る」という同級生の意見を生かじりして、ワックスをたっぷり塗って滑ったら、板にビッシリ雪が付着して立ち往生。集合時間に間に合わなかった。その同級生曰く、

「コテを充分に当てて熱しないと駄目だよ」

あれこれと練習に一週間かけたが、結果はまだまだヨチヨチ歩きの段階だった。

しかし、それからスキーに病みつきになり、毎年冬になるといそいそと出かけた先は多数。長野県の志賀高原、新潟の妙高高原、山形県の蔵王……。当時はこれらがスキーのメッカと言われていたが、現在は北海道のニセコ高原がメッカとなっており、当時は想像もつかなかった外国人観光客（オーストラリア、東南アジア等）も多い。

数十年後、マッターホルンを目指すスイスの登山列車に乗ったが、やはりヨーロッパ中の若者がスキー客として同乗してきた。

野沢温泉はその後、毎年訪れるようになったが、皮肉なことに夏場に限られている。


大学時代は慢性的に金欠病だった。父から、弟と二人分の学費と最小限の食費の送金はあるが、交際費をはじめ、図書費、日用品、小遣い等がどうしても不足する。

そこでアルバイトをするわけだが、友人の紹介によるものが多かった。

朝鮮戦争の影響で、米軍のドラム缶再生というアルバイトがあった。簡単にいうと、使用済みドラム缶を再使用するために洗浄する仕事だ。洗浄作業そのものは機械でやるが、何千本というドラム缶の運搬作業が大変だった。慣れてくるとクルクル転がしながら移動できるようになるが、かなりの距離の場合もある。現在ならフォークリフトを使うのだろうが、当時はそんな物は稀少な貴重品だ。

私は二、三ヵ月で慣れて、主力の労働力と評価されるようになったが、悪いことに梱包材の太い釘を足のかかとに刺してしまった。当時まだ靴は貴重品で、下駄で作業していたのだ。ついでの話ながら、一流デパートで「米国製靴の中古品販売」をするとの広告が出ていたので、私も飛んでいったら、紳士淑女の長い行列ができていたという記憶がある。

さて、釘を刺してしまった足は、何の処置もせず痛みを我慢して帰宅したら、その夜、高熱が出て倒れてしまった。

幸い、すぐ近くに慶應大学医学部の教授が住んでいたので、運よく仕事の打ち合わせで上京していた父が連れてきてくれたら、「敗血症で危篤です」と言われたという。翌朝、気がついたら、父が一晩中見守ってくれていたらしいことがわかった。

「お医者さんは、もう大丈夫だと言ってくれた」

父に握られていた私の腕に、敗血症による紫色の斑点が点々とついていた。

戦争中に爆弾が落ちた時のように、二回目の三途の川の川岸まで行ったようだ。

私の命を救ったのは、初めて聞く「ペニシリン」という薬だった。

先の教授は日頃から優しそうな雰囲気の人で、私みたいな若造が挨拶しても丁寧に返礼してくれる。奥さんは芸者出身で、女優の入江たか子にそっくりな人だ。子供は全員男で、なんと東大三人、一橋大一人ということを母から聞いていた。

大森区と合併する前の蒲田区の区役所の衛生係で、各家のトイレの汲取口から便槽の中へ消毒液を撒くというアルバイトもした。

各家に行くと、皆さん便槽の蓋を開けることに協力してくれる。バキュームカーによる汲み取りが始まる前のことだったので、汲取人が不在のままで、どこの家も満タンで困っていた。戦時中は畑の肥料に欠かせないものだったが、戦争が終わってからは公然とぶちまけられなくなったからだ。だから役所には、なんとかしてくれないかという相談が非常に多く来た。

昼食時に行く家は弁当を食べる場所にもなるので、できるだけ豪邸を選んだ。大抵は、「ご苦労様です」と漬物や総菜を豊富に出してくれる。もちろん、縁側から上がることはなかったが、縁側すらも立派な家が多い。

蒲田区は徹底的な空襲を受けたので、新築が圧倒的に多いが、戦争ですっからかんの人が多い中で豪邸を建てられるというのはどんな人かと、つい好奇心を持ってしまった。

古い保守系の市会議員の、選挙運動のアルバイトもやった。市会議員なので抱負などあまり関係なく、名前と顔を売る運動だ。共産党の先輩から苦情を申し立てられたが、学費を稼ぐために大目に見てくれと頼んだ。適当なものだ。

結果的には、運動員に我々若い学生が多かったせいか高得票を得た。

ただ、裏の行動も知った。選挙参謀はいかにも海千山千の爺さんで、顔が広いらしい。選挙事務所の奥に控えていて、多くの人と接触している。それは単なる雑談が目的ではなく、「不在者投票」の権利の売買などもしているのだ。長年付き合いのある相手だけに限定しているようで、新しい売り込みは断っている。情報漏れや、敵方のサクラということもあるからだ。

選挙運動は一年中あるわけでないので報酬もよく、学生たちにはこたえられないアルバイトだった。

M重工業の工場で大学生時代アルバイトをしたが、広大な工場に無数の工作機械が見渡す限り並んでおり、「賠償施設として米軍管理下にある」という意味の日米両語の看板が掲げてあった。

しかし、米ソの冷戦が激化するに従い、日本の復興を遅らせると面倒を見なければならないという負担を米国はかぶることになるので、日本を弱体化させるということに消極的になってきた。しかも、ここには米国にとって魅力的なものは何もなく、極東委員会のソ連以外のメンバーに費用自己負担で希望のものを搬出させた。ゆえに、日本側の被害が軽減された。米国は、日本の国庫から金を含む貴金属、国民から供出された宝石等を没収した。

危なかった卒業試験

日頃ほとんどを大学新聞に集中して授業にろくに出ていない皺寄せが、卒業試験に来た。あとから「二割が留年した」と聞いて震え上がったが、その時は「まあ、なんとかなるだろう」という甘い気持ちだった。

卒業後も六十年以上も付き合いが続くY君という親友の目黒の自宅に、もう一人の友人と泊まり込みで毎晩、一学科ずつ総仕上げをやるという計画を立て、徹夜で頑張って昼間に仮眠をとると申し合わせたが、なんと勉強を始めて一時間も経たないうちに、ほかの二人はグッスリ眠り込んでしまった。

私は元来、馬鹿正直だから、寝たら二人に悪いと思い、徹夜で勉強して、昼間二、三時間だが睡眠をとった。あとで聞くと、「昼間は眠っていられないよ」と言うので、アルバイトでもしているのかと思ったが、一人は麻雀、一人はスポーツ観戦と呑気なものだった。

卒業試験の一日目は、私が三人の真ん中で彼らは両脇に座り、私の答案を横目で盗み見て写す作戦にした。だが、私はスラスラと答を書けたわけではない。徹夜の結果、試験問題が教科書のどの項目から出ているかだけはわかるので、急いでその頁をひらいて答を書き写すのだ。つまりカンニングをしたわけだが、試験場の監視員の目をよく盗めたものだと思う。

私自身も試験場の監視員をアルバイトでやったことがあるので、カンニングをしている者はすぐ摘発する自信があった。それほどわかりやすい行為なのだ。だから、私が教科書を写しているのがなぜバレなかったのか本当に不思議で、もしかすると同情で見逃してくれたのかとも思うが、現実はそれほど甘くない。

続けていれば絶対にバレるという〝確信〟を持ったので、翌日以降は共同作戦はやめにした。カンニングは退学という場合もあるから怖いのだ。

いずれにしても、幸いなことに三人とも無事、卒業できた。

最近、Y君から六十年ぶりに長文の手紙が来た（年賀状は毎年交換）。自分の家族の近況を書いてくれて、二人の娘さんがともに一流大学を卒業し、結婚後の家庭も安泰で夫人と喜んでいるという内容だった。

　私からも、東京新聞の平和の俳句に応募したら、記者とカメラマンの訪問取材を受けたので、その記事のコピーと、私の世界旅行体験記を別の友人が編集してくれたものを送った。するとY君の娘さんから電話があり、なんと四日前に亡くなったとのことで、思わず涙が溢れた。私は足が悪くて駆けつけられないので、すぐお悔やみの手紙と香典を送ったところ、夫人からも電話をいただいた。

第三章

社会人時代

その一　F自動車

〔希望就職先、全滅〕

大学卒業前から始めた就職活動は、今考えると全く甘い考えだった。私の眼中にあったのは一流企業だけ。当時の就職難の中で、世間知らずもいいところだ。

実際に就職試験を受けたのは、毎日新聞と日産自動車。前者は親類が和歌山県の総販売元なので、その縁故で受験し、後者は父の勤務先なのでその縁故。早大の就職部でも、そういう縁故があるところでないと推薦状を発行してくれなかった。

いずれも競争率は二十倍。現在の売手市場を考えると天国と地獄の相違だ。

両方とも結果は明らかだったが、日産自動車の場合、父が現役だったので扱いが違い、部課長との面接では、「中川さんの息子さんですか?」と言われて顔を見合わせるだけで、口頭試問などは全くなかった。しかし、さすがに社長面接は違った。一年半にわたった労働組合の争議（むしろ政治闘争というべきか）、それまでトヨタより優位にあった立場の日産が、大差をつけられてしまった争議だったが、その大争議が収まった直後であり、剛腕の評判高い川又社長から、

「法学部で、何の法律に一番興味がある?」

と思いがけない質問をされた。そして私は考えている間もなく、「労働法です」と答えてしまったのだ。すると、

「なるほど。それでは、女子従業員と男子との労働法適用の相違点は？」

との質問。今ならスラスラと答えられると自負するが、この時はモゴモゴするだけでろくに答えられなかった。そのうえ、提出している成績表は悪いに決まっている。新聞会に専念して、授業にはほとんど出ていないのだから。前章にも書いたが、法学部の同期生の二割が卒業保留になったそうで、よくその仲間に入らなかったものだと思う。

結局、毎日も日産もハネられた。

日産はその理由が「心臓病」となっていた。その後七十年、心臓には異常がないので、父への気兼ねからの、苦し紛れの〝捏造〟か？

〈時給四十六円の初就職〉

神奈川県の求人欄に「相模鉄道」というのがあった。生意気盛りの私は、「聞いたことはあるが、田舎の二流鉄道か」という受け取り方だ。今でこそ相鉄は首都圏の主要鉄道になっているが、当時はまだ無名の存在だった。入社できていれば幹部社員になれていたかもしれないが、運命はわからないもので、私はまたしても父の縁故で「F自動車」という

会社を受けることになった。同社は当時としては珍しく、大卒を百名採用するという。社長、専務、取締役揃って日産の出身者で、もちろん入社試験はあったが合格できた。人事課に入った同期にあとから聞いたのだが、「学生時代の思い出」という課題の作文は、私が百点で一位だったという。確かに、戦中戦後の変化に富んだ体験は書きたいことが山盛りで、内容が豊富だったのかもしれない。

会社は横須賀市追浜《おっぱま》の、横須賀海軍航空隊の基地だった場所にあった。従業員は約七千人で、業務は朝鮮戦争で破損、老朽化した軍用車両（トラックやジープ）の再生作業である。米国側が驚いたそうだが、とても使えそうにないガタガタに破損した車両が、全くの新車並みに変身して登場するのである。

米国としても、こんな大規模な再生作業は史上初めてだそうで、太平洋を隔てているために新車の補給がままならない戦時中（朝鮮戦争）の、日本側からの提案だったそうだ。そういえば在日米軍も、開戦時に慌てて日本の自動車メーカーに莫大な数量の車両をオーダーした。それが、日本の産業が息を吹き返すきっかけになったのだ。

こう述べるとすべて順調のように聞こえるが、私たち新入社員に提示された初任給は、時給四十六円だった。月二百時間で計算すると九千二百円である。そのため、私たち同期入社社員は「四六会」という名をつけた。名簿を作ると全国の大学を網羅していた。女子は二名で、いずれも青山学院大卒であった。

経営陣は日産出身者だが、そのほかの幹部には異色の人たちがいた。追浜工場長は元戦艦大和の艦長、大野海軍少将。朝晩、ヒルマン（日本で組み立てた仏製乗用車）で送迎されていた白髪の紳士である。

追浜工場には、「直傭《ちょくよう》」と称する米軍直接雇用の日本人従業員が約三千人と、米軍の軍属と軍人が少数いた。感慨深いのは、会社の約一万人（日本人従業員の総数）の中で自動車に乗っていたのは工場長ただ一人だったが、そのわずか数年後には自動車ブームが起こり、ネコも杓子も車を買い始めたことである。

それはあとの話になるが、この会社は日本の会社でありながら、いかにも米国の会社だった。その特徴は、以下のようなものだ。
一、保安基準が厳しい。ソ連、中国、北朝鮮等との完全な対立から、共産党員は籍の在る者はもちろん、疑わしい者も無条件にパージ（追放）。その調査専門部署として保安部があった。その保安部の英語名はＣＩＡだった。今だったら飛び上がるところだが、当時は知らぬが仏だった。
二、社有財産の持ち出しは一切禁止されており、退社時の身体検査が厳しかった。修理車両の中にピストルが残っていることもあった。当時、国内ではまだ出回っていなかったコカコーラも対象だった（社内に従業員用の自販機あり）。
三、ただ、米国煙草については大量でなければ持ち出しが許可された。米軍人が小遣い稼ぎに日本人に売りつけるのだ。
社の敷地は元横須賀海軍航空隊の所有だったから、だだっ広い。以前、航空隊の隊員たちを悩ませたのは、各所にある防火水槽で繁殖した大量の蚊だったという。結局、そこに金魚を放ったらしいのだが、これが効果的だっただけでなく、金魚たちは無数に繁殖し、さらに大型に成長して、私が見た時には鯉かと思われるほど大きかった。

〔労政課にて〕

私は労政課という、会社側の労働組合との折衝業務に配属された。部屋は保安部と隣接しており、課長や部長のところへ、保安部員が毎日のように接触していた。労組の幹部に党員嫌疑者が多いと見られていたからである。
ところが皮肉なことに私自身、前述したが当時、東大細胞二百、早大細胞三百と言われた党員の一人で、地区細胞でも活躍、自宅は父が日産の大阪工場長に赴任していたので（母と末の弟が同伴）長期不在のため、党員たちが機密文書の印刷に日参していた。米軍の強い反共体制の中で安泰だったのが不思議だ。

労政課の課長の夫人は有名文学者の娘さんだそうで、一度だけお会いしたが、静かな雰囲気の人で、いかにも深窓の令夫人という雰囲気を持つ人だった。しかし悪いことに、労政課員は係長（専務の長男）をはじめとして満州浪人ら数名で、共通しているのは「すごい呑み助」であることで、終業後は必ずまとまって課長宅に集まる。それから深夜まで酒盛りだ。

酒は当時安かった焼酎が主体で、みんな浴びるほど飲み、私も入社祝いで連れていかれ、嫌というほど飲まされた。そして終電車の中で、事もあろうに猛烈に吐き続けたのである。課員たちはこの新入社員を介抱してくれたが、それきりパッタリとおヨビでなくなった。

課長夫人はこの呑み助たちに全く付き合わず、家に来ることは拒まないが、一切ノータッチであった。

労政課長の上の総務部長も底なしの呑み助で、大勢の腰巾着がぶら下がって飲み屋を回る。あまりにもその人数が多いので、周りには社長よりも総務部長の方が勢力があるような印象を与えた。

彼らが飲んだ酒場は現金払いではなく、当時既にクレジットカードが使われていた。しかし、カードの限度額以上に飲んでいたのではないかと疑われるのは、彼らの利用した店は申し合わせたようにやがて閉店してしまったからだ。

先に満州浪人と書いたが、不思議と労政課には多かった。元満州鉄道の従業員だったということが共通していたが、さらに共通しているのは話がデカいことだ。

揚子江で釣りをした時は、魚が三メートルぐらいあったのでそのまま引きずり込まれた者がいて、あとに下駄だけ二つ浮いていたとか、ソ連の侵攻で婦人部隊が日本人青年たちを襲い、抵抗すると殺されるから彼女たちの言いなりだったが、結局殺された者はいなかった、などのエピソードが語られていた。満鉄もそのスピードがすごくて、外の景色が瞬間的に消え、我に返ったら駅に着いていた、という具合だ。

満鉄は周知のとおり、鉄道のみならず満州重工業をはじめ多数ある産業を抱えるコンツェルンだった。終戦時、ソ連軍の侵攻で主要な設備、機器を持ち去られたが、それでも戦後の中国の復興に大いに寄与したようだ。

労政課での私の職務は労使交渉の議事録を作るという重要なことであった。

会社側代表は大野工場長だったが、この人は重要度の高い会合以外には出なかった。今でも残念なのは、ちょっとした雑談でもして、戦艦大和のエピソードを少しでも聞いておけばよかったということだ。後年、広島の呉にある「大和ミュージアム」で戦艦大和に関する詳しい内容を知ったが、大野工場長にエピソードを聞いておけばさらに歴史観が深められたであろうと思う。

主な議事は総務部長が進めた。労組側も書記長に東大出がいたり、なかなか立派な陣容であるが、残念なことに、米軍管理下にあるので過激な発言があると共産党員でなくてもレッドパージの対象になる。だから御用組合にならざるを得ない。

それでもストライキを打ったことがあった。

ロックアウトでスト破りはできない。社員は一切、会社への立ち入りを認めない。自由に出入りできたのは私たち労政課員だけだった。私は、早慶戦の時に神宮球場の新聞記者席に自由に出入りできた早大新聞記者の頃を思い出した。あの時は「早大新聞」という腕章を巻いていたが、今は腕章を巻いていなくても、労組幹部の合図で入退場できる。

ストライキは日産自動車のように一年半もかからず、一日で終わり、組合の要求も満額ではないがある程度通った。


労政課は、会社側が労組との対立がない時は暇だったので、雑用を請け負った。全社的な調査や統計もやったが、ある時、役所から「工場災害防止の安全運動」という依頼が来た。

毎朝、従業員の出勤時に工場安全運動のＰＲを放送で行うのである。女声は総務課から一人、男声は私が選ばれた。毎朝交代で二十分くらいずつ放送したのだが、これが意外な結果を招いた。

工場には一万人も従業員がいるので、それぞれ異性から「誰が放送しているのだろう?」と好奇心を持たれたのである。私は大阪出身ながら、横浜に来てから何年も経っているのでなまりはないはずと自信を持っていたが、聴いている人たちから「誰が喋っているのか?」という関心を持たれることは予想していなかった。

労政課は全職場の従業員の給料の前借の審査も一つの業務としており、私もその仕事を担当している一人だったが、驚くべきことに、全職場から女子社員が長蛇の列と集まったのである。彼女らは、その職場の前借希望者の代行で来ているのだ。放送に関心を持ち、その声の主を一目見たいと来ているらしい。私は、こんな放送に関心を持たれるんだったら、放送局のアナウンサーなどどのくらい関心を持たれているだろうと驚異を感じた。

その後も、F自動車の女性社員のみでなく、直傭の女性からも上司を通じて交際の申し込みを受けるなど、驚きの連続だった。

私も年頃だったので、同じ放送をしている女性とのデートもあったが、結局、四六会の女子社員と結婚することになった。彼女は会話が面白いのでモテたが、優しい女性ではなかった。むしろ口が悪くて、物議をかもしそうなこともたびたびあったが、それが不思議と魅力で、恋の競争はあったが結局、私と結ばれた。

あとで詳しいことを知ったのだが、私の父はＧＭから日産に入ったが、彼女の父はフォードから日産に入ったのだった。双方とも、日本の政策が米両メーカーを抹殺したのだ。また、彼女の父がカナダのトロント大学に留学していた関係で親友の牧師によりキリスト教会で結婚式を挙げた。その時思ったのだが、明治直前までキリシタンは死刑だったので、その時代の日本人が今のクリスマスの盛況など見たら気絶するだろうと。

労政課の人たちは、四六会の名簿や同人誌を謄写版で印刷することに協力してくれた。このインク代も用紙代も会社負担で、よき時代だったといえる。

〔槍ヶ岳登頂〕

四六会の会員の誰からともなく、夏に槍ヶ岳に至る北アルプスの表銀座縦走コースを踏破し、槍ヶ岳からは穂高を縦走しようという企画が持ち上がった。

槍ヶ岳は標高三一八〇メートルあり、上高地もある飛騨山脈中央部に位置するという資料を見た。私は富士山、焼岳（上高地）、丹沢山等には登った経験があったが、北アルプスの名山中の名山といわれる槍ヶ岳に登ったことはなかった。ただ、「アルプス銀座」という言い方がなんだか庶民的で、槍穂高は難ルートというイメージがあったが、谷川岳のような遭難の多いイメージはなかったので、高山ではあるが警戒心は抱かなかった。未知の世界ながら突進しようと思った。

しかし、いざ挙行という段階になると、ほかの者は都合が悪くてT君と私の二人だけになった。T君は一人でも行くという意志の強い男で、私よりも数段登山経験の多い山男だ。ただ、東北育ちなのでそちら方面の山には詳しくても、彼も槍ヶ岳は初めてだという。

私は登山愛好家としては初心者の部類に入るし、登山靴やザイルは持っておらず、わずかにピッケルだけは持っていた。

「登山靴がなくて、バスケットシューズみたいな靴なんだけど」

「構わないよ。夏だから靴にそんなに気を使う必要はない」

T君の返事を聞いて「さすがだ」と思った。冬山にも詳しいようだ。東北だと雪が早いし、深いからだろう。

出発当日は快晴だったが、夏だからかえってありがた迷惑だった。まずは長野県の中房温泉から燕岳を登る。なるほど、銀座コースというだけあって人が多い。終点までこんな混雑なのだろうかと、少しウンザリな気持ちになった。

かなり疲労を感じ始めた頃、ちょうど燕岳の頂上に着いて、時間はもう夕方に近かった。今晩は燕岳山荘に宿泊かと思ったら、

「まだ歩くよ」とT君が言う。

その言葉に従って再び歩き始めると、周りに誰もいなくなった。アルプス銀座というから、ずっと銀座通りのような人出かと思っていたら、T君と私の二人のみになった。辺りは薄暗くなりつつあり、心細くなってきた。夏といっても日差しのない高山では、寒いとまではいかないが、さすがに急速に気温が落ちる。T君はもともと寡黙であまり雑談などしない。暗くて薄ら寒い高山の道がよけいに心細くなった。ようやく前方に灯火が見えてきた時はホッとした。

「大天井岳だよ」とT君が言った。

この夜の大天井岳の山荘の宿泊客は、私たち二人だけだった。宿の主人もあまり喋らない人だが、食事の内容は素朴ながら手際よくサッサとテーブルに並べてくれた。私は空腹なのを感じないくらいずっと緊張していたのか、食事を美味しく終えるとすっかり眠くなり、三人はほとんど話すこともなく就寝した。真夏だが、寝心地のいい気温だった。

翌朝、大天井岳をあとにしてさらに進むと、さすがに夏だと思わせた。こんな高山でも蚊が結構活躍しているのだ。高山植物は「銀座」にもかかわらず意外に乏しい。

やがて視界がひらけて、北アルプスの美しい山々が眺められるようになった。

「あれが槍ヶ岳で、穂高の山々が付き添ってる」

T君が珍しく説明してくれた。彼は事前に地図をよく調べたのか、初めてのコースなのに周囲の山々の名に詳しい。私は、みんな有名な山なのに覚え切れない。ただ、その美しさには陶酔した。学生時代は、長野や新潟のスキー場で冬山の美しさに感動したものだが、夏山も魅力的だ。

さて、いよいよ槍ヶ岳の最終段階にきてブルッた。長い鉄の梯子がほとんど垂直に立っているのだ。

私は学生時代のアルバイトで、日本鋼管川崎製鉄所の工場の屋根にある光の取入口の清掃作業をしたことがある。その時、屋根までは直立の鉄の梯子を登らなければならず、登っている最中は冷や汗をかき通しで、思わず飛び降りたくなった。地上にいる人たちが小さく見えたが、彼らを妙に羨ましく思った。高さ三〇〇メートルはあったんじゃないかと思ったが、あとで訊いたら三〇メートルだった。もちろん下りる時も怖かった。その仕事をしている人たちは鳶職だった。彼らは職業柄、高い場所は平気だが、ある日その仲間の一人が、

「俺の身代わりになってくれたよ」

と涙を流さんばかりに感動していたので、訊くと、腹巻に入れていたお守りの木札が半分に割れていたというのだ。プロでもそんな心境になることがあるんだな、と意外に思っ

た。

「槍ヶ岳の山頂付近には氷食地形が見られ、約七〇メートルが槍の穂先のように直立している」と辞書に記されていたが、ちょうどそこに鉄の梯子があるのだろうと思う。

山頂付近の槍ヶ岳山荘に辿り着いた途端、急に大雨になった。T君と私は、「運が良かった」と顔を見合わせた。

山荘には続々と人が集まる。すでに穂高方面に出発した人たちも大勢戻ってきているのが、会話の内容でわかる。

いずれにしても急な大雨で、山荘は超満員になった。T君曰く、

「山荘には定員がない。こういう時に『満員だから宿泊お断りです』と追い返したら、客は重装備でもない限り死活問題になるから」

するると、それを聞いていた連泊していたらしい客の一人が言った。

「そのとおりだよ。夏でも高山では凍死がある。気温の下がり方が平地と全然違うんだ」

理解はしたが、その夜の客の寝姿は刺身を盛り付けるように、半身ずつ隣人に重ねることとなった。男女問わずだ。普通の状態と違って皆、疲れ切っているので、それでも結構熟睡している。ただ、寝返りを打つ時には四苦八苦。結局あきらめる。トイレも、できる限り我慢だ。

翌朝も雨天は変わっていなかった。

「穂高は中止するしかないな」

T君が残念そうに言う。

「残念だけど、安全第一だね」

私はT君の提案にホッとした喜びを隠しながら相槌を打った。

涸沢を通って上高地に下りると、雨天にもかかわらずたくさんのキャンプ群が広がっていた。彼らはもちろん綺麗な服装をしており、対照的に何日も風呂に入っておらず、髯も伸び放題で、中にはすすだらけの鍋をリュックに載せている薄汚い山男たちを尊敬の眼差しで見送ってくれた。

二人の「アルプス銀座縦走記」は、四六会の会誌（労政課の人たちが謄写版で印刷して製本したもの）の紙面を飾った。

しかし、平穏な社員生活は次第に終末に近づいていた。朝鮮戦争も終結し、軍用車両の再生の需要がなくなって、F自動車も大幅な人員整理のあと、閉鎖することになったのだ。

その二　Ｉ物産

〈高度成長期に沸いた時代〉

Ｆ自動車の閉鎖が決まり、私はやはり父の縁故で紹介してもらったＩ物産の入社試験に臨んだ。

Ｉ社長は当初、日産自動車の廃材（鉄スクラップほか）を扱っていたが、自動車の内装、シート等の製造会社を創立、日産自動車はもちろん、ほかの自動車メーカーにも納入を始め、会社は日本の自動車産業とともに急速な発展を遂げた。

私は不勉強だったので、時代がどのように激変しているか知る由もなかった。今から考えると、日本経済新聞でも愛読していればよかった。同紙は早大新聞を印刷してもらっていたので縁があったのに。

社長面接で、「君が中川さんの息子さんか。今、給料はどのくらい貰ってる？」と突然訊かれた。Ｆ自動車では時給は四十六円より昇給はしていたが、週五日制になっていたので、「七千八百円です」と正直に答えた。

そして、実際に初任給が「七千八百円」で支給された時、もっと高く言うべきだったと悔いた。だがやがて、少しも悔いることはなくなる。

私の仕事は生産管理だった。といっても中小企業だから、生産計画から原材料の準備、倉庫管理と、あらゆることをやらなければならない。F自動車の呑気な雰囲気とは大きな違いだ。

さらに吃驚したのが、本社から送られてくる生産オーダーが、毎月倍々に膨らんでいくことだ。現在の世の中では信じられないことだが、高度成長期と自家用車時代とが重なってきたということだったのかもしれない。

前のF自動車では、直傭を含めて約一万人の従業員の中で車を持っていたのは、工場長ただ一人で、それも社有車だった。それが、猫も杓子も車を買い始めるという、前代未聞の現象が起こったのだ。

設備、原材料、倉庫スペースと問題は山積みだが、どうしようもなくなってきたのが人員だ。もちろん、現有人員には可能な限り残業、休日出勤をやってもらうのだが、新規の募集はそう簡単に戦力にはならない。応募者は選考どころかすぐに採用し、退職したら仕方ないというところだ。

ところが、設備も大幅に増設していた最中に、なんと夜中に火災が出て、主力工場が消失してしまった。茫然自失としている暇もなく、離れた場所にある別工場を昼夜二交代制にし、従業員は専用バスで送迎する方法で急場をしのぐことになった。その間に焼跡再建をするのだが、最低三ヵ月はかかるという。

ちょうど、トヨタがパブリカを、日産がサニーを発売した頃で、私ほか工場の幹部社員たちは勤務時間が不規則で通勤に電車が使えないので、急遽、運転免許をとって車通勤することになった。ほかの幹部社員たちも私も、発売したばかりのサニーを購入した。もちろん当時は長期ローンだ。今では新車にはエアコンやラジオは標準装備で、さらにほかにも贅沢な備品がいろいろあるが、当時は備品はオプション（希望者だけ装備）だったので、一円でも安く買うためには取り付けを我慢したものだ。だから冬の寒さ、夏の暑さも我慢するしかなかった。ラジオはまだ交通情報が放送されていなかったので、必需品ではなくて贅沢品だった。

車を置いておくための、工場そばの駐車場も確保し、これは便利だった。電車通勤だと、最悪の場合は工場泊まり込みになる日もあり、そうなると食事、入浴、衣服の洗濯、就寝場所といろいろな問題が生じる。忙しいのは長期のことなので、これらを簡単に考えることはできない。だから車通勤ができるようになって非常に助かった。

こうした非常態勢が功を奏して、親会社の生産ラインをストップさせることなく、無事納品が継続できた。その結果、社長から私ともう一名の生産責任者に金一封として一万円が贈られた。当時の一万円は大きい。さらに、二人とも大幅な昇給、昇格で、初任給の金額からだいぶかけ離れたのだった。

〈熱狂の東京オリンピック〉

米国のマッカーサー総司令官は、厚木基地から東京の総司令部へ移る直前の昭和二十年九月十二日、厚木空港で各国の記者団と会見した。シカゴ・トリビューン紙には次のような談話が載った。

「日本は四等国に転落した。重工業はある程度は維持させるが、再び、世界的強国として登場することは不可能だ」

確かに当時は食糧はもちろん、衣料をはじめとする日用品もなく、停電、断水は毎日で、稼働している時間の方が少なかった。私はあれから七十五年以上経っているのに、現在も三度三度食事ができることに感謝し、不味いものでも不味いと言わず、できる限り残さないように食べる習慣は変わらず、食事の時だけは敬虔なクリスチャンのようになる。

ところが、終戦当時は廃墟と化していた日本が、その十九年後の昭和三十九年には、世界から九十四の国と地域が参加する平和の祭典オリンピックを、アジア初となる東京で開催したのだから驚きだ。

オリンピック開催前後には、日本では次のようなことが起こっていた。

前年：ビルの高さ制限が一部撤廃され、超高層ビルが林立する時代になった（建築基準法改正）
前年：東名高速道路建設（東京―静岡間）のために世界銀行から七千五百万ドルを借款（日本道路公団）
当年二月：羽田空港にジェット機用滑走路完成
四月：①海外旅行自由化（一人年一回、五百ドルまでの外貨購入制限あり）
②日本がＯＥＣＤ（経済協力開発機構）に加盟。円が自由化となる（国際通貨として通用）
③東名高速道路建設（豊川―小牧間）のために世界銀行から五千万ドルを借款（日本道路公団）
九月：東京浜松町駅と羽田空港の間にモノレールが開通
十月：東海道新幹線開業
このほか、日本人の平均寿命が欧米人並みに伸びたと全国民が喜んだ（男性約六十八歳、女性約七十三歳：厚生省発表）。
さらに、日本の国民総生産（ＧＮＰ）が、米、独に次いで世界第三位となった。
東京オリンピックは過去最高の参加国を集め、盛大であり、世界中の人々を熱狂させた。

Ｉ物産の会社前の道路を白バイの先導で聖火ランナーが走ったが、沿道では一体どこから集まったのかと思うほど大勢の老若男女が激しく拍手を送っていた。終戦の頃の日本は皆、乞食のような生活だったが、世界の憎まれっ子から平和の権化のように評価されるようになった日本を思うと私は嬉しくて、涙が止まらなかった。

「東洋の魔女」と呼ばれた日本の女子バレーボールの試合は、ソ連との優勝決定戦ではテレビ視聴率が過去最高の八十五パーセントにもなったと言われた。そしてソ連を下して金メダルを獲得した時には、まるで戦争に勝ったような雰囲気だった。

結果、日本のメダル獲得数は、二大大国である米・ソに続いて第三位となり、開催国の面目を保った。また、東京オリンピックそのものも、世界中から評価が高かった。

また、このオリンピック開催の年に「３Ｃ」という言葉ができた。「第二の三種の神器」のことである。

第一の三種の神器は昭和三十年頃から言われ始めたもので、全国の家庭の憧憬の家庭用品である「電気洗濯機、電気冷蔵庫、白黒テレビ」の三種だ。それまで、洗濯はタライに洗濯板でゴシゴシが普通だった。冷蔵庫は秋口にはスイッチを切って、翌年の夏からまた使うものだと信じていた人もたくさんいた。白黒テレビは当初、街頭映画館として人集めをしたというイメージだった。テレビを入手した家庭には近所の人たちが大勢押しかけるという現象もあった。

第二の三種の神器「3C」は、「カー（車）、カラーテレビ、クーラー」だ。これらの普及は爆発的で、生産側も販売に追いつくために苦労して製造を続け、それは日本の国力を急上昇させることにもつながった。

〈忙中閑もなし〉

I社長は時代感覚が敏感な人だった。当時の自動車の下請工場は町工場というイメージだったが、社長は一流企業のイメージに転換することに腐心した。例えば、幹部社員には定期的に社費で背広を仕立てた。それはいいが、ありがた迷惑だったのは、日曜祝日に強制的にゴルフ場へマイクロバスで運ばれていくことだ。もちろん打ちっ放しではなく、コースを二周ほど回る。平日は深夜まで働いてクタクタの身にはこたえた。関東地方はもちろん、静岡、長野、山梨のあらゆるゴルフコースを回った。「これからのサラリーマンにゴルフは必需技量」という社長の心遣いだった。

日産とプリンスが合併した時は、私たち下請けも同業者と交流した。こちらは背広姿で紳士然として数台の車で連なって訪問したが、夏だったためか、プリンスの下請けの経営者たちの中にはふんどし姿で応対した人もいた。まさに町工場だ。

しかし、馬鹿にしたものではない。合併後に発売されたスカイラインは、高価にもかかわらず世界の名車として売れに売れた。私は自分が午年ということもあって「サラブレッド」一号を購入。車体が純白なので、タイヤホイールも白塗りのものに交換した。生涯の愛車の中で最も愛したと思う。

その頃、私は会社の取締役以外では最高ポストの営業部長に昇進しており、日産の関係者、下請会社の幹部たちとの交流も盛んになり、多忙のうえに多忙になった。一度、日産協力会の「宝会」の親睦旅行に参加し、麻雀大会をやった。もちろん賭け金は会社からは出ず自腹だ。しかもレートは高額だ。戦々恐々としながら打っていたが、結局プラスマイナスゼロで助かった。中には何十万円もすった人もいた。

ある時は、日産の購買部をはじめ、関係部署の幹部、担当者、こちらの重役と部課長でゴルフコンペが開催された。

自動車産業が活況だからといっても、不思議と暇のある部署も存在するらしく、コンペの一ヵ月くらい前からプロについて猛特訓をしているメンバーがいるらしいという噂も洩れてきた。残念ながら私は「ミッドナイトエクスプレス」と自嘲しているくらいの暇なしだった。ある日など、深夜に車で帰宅途中、明かりの下で働いている数人の影を車中から見かけて、「こんな時間に働いている人がほかにもいるのか？」と感慨に耽り、近づいてみたところ、朝刊の配達準備の作業をしている人たちだったということがあった。

ところがコンペ当日、私は最初からあきらめて戦ったのだが、表彰式の時になんと受賞者として呼ばれたのだ。目を白黒させながら受け取った賞状には、「最多打賞」とあった。「ブービー賞」は誰でも知っているが、さては……と思った。購買部で私がなんとなく、ゴルフの練習などする暇がないと愚痴をこぼしたことが洩れ、その〝同情賞〟だったのだ。

副賞は合成皮革で作られたカバンで、あるメーカーの試作品だった。高級車にはシートの材料にビニールではなくて本革を、というユーザーが結構多く、しかし高価な割に傷み方が激しいので試作担当者を悩ませていた。そのためいろいろな合成皮革が試作されていて、それで作った一点だったわけだ。そのカバンは今でも使っている。

試作にはこんな例もあった。トヨタの高級車センチュリーのシートに西陣織を使うというアイデアが出て、もちろんトップシークレットで試作が繰り返され、満足のいく試作品が完成したのだが、開発係員からの「一万メートル織るのに、どのくらいの期間が必要か？」との質問を受けた織物メーカー側が、「そないなことできまへん」とアッサリ断ったという。

Ｉ社長は茨城県出身で、日本三大稲荷の一つ、茨城県笠間市にある笠間稲荷へよく幹部社員を連れていった。併せて鹿島神宮にもお参りする。その都度、百万円単位の寄付をするので、社員たちは特別に勅使接待の間に通される。そして帰りに水戸納豆を山のようにお土産にくれるのが恒例だった。私も妻も西日本の出身で納豆は苦手だったが、おかげで子供たちは大好物になった。

年末の某日、総務部長から急に呼び出されて、部課長六人が社長の代参で九州の佐賀県にある祐徳稲荷（三大稲荷の一つ。あとは京都の伏見稲荷。諸説あるが）に初詣するように社長命令が出たという。出発前に一人二着の背広を会社負担で新調。出張費については私が会計責任者に任命ということだった。

仕事が超多忙であることは全く変わらず、私としては誰かに代わりに行ってもらいたいところだったので、総務部長に本音をちょっと洩らしたところ、彼は顔色を変えた。

「そんなこと口にしたら私の首が飛ぶ！」

そして、出発直前まで天手古舞だったうえに、さらに難題を押し付けられた。

「今後のことがあるので、渡された旅費は必ず使い切ってほしい」

あっけにとられている私に、総務部長が言う。

「ただし、条件付きだ。領収証が必要なこと。もう一つは、個人の出費は自己負担」

「なんだ、がんじがらめじゃないか。それで使い放題とは矛盾してるな」

「社長から、金の管理については中川以外は駄目だと指示された」

しかしこれは、私の信用度が高いというよりは、おそらくほかのメンバーが揃って底なしの呑み助だということが理由となっているのだろう。

当日渡された札束は巨額で、腰が抜けそうだった。もちろん、総務部は社長の指示に従い、宿泊先のホテルや旅館はもとより、食事場所、交通費など仔細に下調べしており、そのデータから費用を計算したものだが、車ブームの時代だからこんな大盤振る舞いができるのだと、世の中に対する認識の浅い私でも理解できた。

それにしても、節約の難しさはこれまでの人生でタップリ経験していたが、乱費の難しさに苦労するのは初体験だ。第三者の査察を無事通過する方法をいろいろ考えたが、大きな金額を生み出すためには思い切ったことをするしかない。

出発したメンバーは終始上機嫌だ。そりゃあそうだろう。初めての九州旅行であり、新調の背広を着て、夜はトコトン飲んでもいいと許可が出ているし、言うことなしだ。

大晦日に泊まったのは、大分県の別府温泉でも最大の国際ホテル「杉乃井ホテル」だった。現在の日本観光ブームと違って、当時は白人の温泉客は珍しかったが、多くの外国人客が出入りする国際的な大ホテルだ。山海の珍味のうまさは言うまでもなく、多くの女子従業員がサービスに務めていた。地元の人の話では、別府温泉は米国にも知られていて戦後の占領軍の利用も考え、古都の京都、鎌倉と併せてB29の爆撃対象から外されていたという。

ただ非常に意外なことに、私たちは「代参」ということで来ているはずが、大晦日に当のI社長が私たちの仲間に入ってきたのだ。だから一同緊張でカチカチになって、飲むのも控え目である。社長は構わず、テレビで紅白歌合戦を観戦している。

私は少しでも皆の雰囲気を和らげるため、妻に聞いたことのあるタレントや歌手のエピソードなどを話題に出した。例えば、「コーヒールンバ」の西田佐知子は麻雀がすごく好きらしい、というような小さなことだ。社長はよく聞いてくれて、たまには質問もした。それでも場の雰囲気は硬かった。

「どうだ、風呂へ入ろう」

紅白歌合戦の終了時、社長の誘いかけに、「いや、いいですよ、社長だけご自由に」と言うわけにもいかず、みんな立ち上がってぞろぞろと従った。

温泉も豪華な雰囲気で、白人の姿もちらほら見えた。

「社長、お背中を流します」

「そうか」

メンバーの中の調子のいいのが名乗り出た。

社長は関取のような太鼓腹で、自分でも、

「もっと腹を引き締めないと健康的じゃない、と医者に注意されたから、工場内を回っているから運動は充分だと思うと言ったら、そんなの運動にならないと馬鹿にされたよ」

とこぼしていた。社長という立場になったらいいことばかりのように思っていたが、そうでもないようだ。

翌朝、社長は私に、帳場と仲居さんへそれぞれ分厚い祝儀袋を渡すように指示した。チップである。もちろん私の預り金以外からだ。

祐徳稲荷に着くと、高額寄付者の木札がズラリと並んでいた。「百万円」の項には「I物産株式会社」の名と、社長個人の名の二本が並んでいた。

我々は神社の宮司の案内で立派な部屋に通された。しかし、正座をしなければならないので足のシビレは同じことだった。

このあと社長と別れると、一同はすっかり活気づいた。数ヵ所の名所や食事場所を回ったあと、博多人形がズラリと並んだ店に入った。その直前、私はみんなに現金を配った。これは正規の支払いではなく、浮かした分である。どのように浮かしたかというと、現在と違って当時のタクシーは領収書を発行しなかったので、その分を水増ししたのだ。タクシーは多用したうえ、二台に分乗しているから金額が意外に大きい。

博多人形店で大金を得て喜んだ彼らは、結構事情通だった。店の主人に耳打ちして、店頭に並んでいないものを持ってこさせる。簡単に言うと、ワイセツな人形である。米兵たちに大ヒットしたと言われている。私を含め全員が買った。私はそれを家庭に持ち帰るわけではなく、総務部長への土産だ。私は自分用には娘と息子に、ちょうどそれぞれと同じ年頃の人形を買った。

結局、預かった金は半分も使っておらず、総務部長は渋い顔をしたが、人形を示すと機嫌を直した。

社へ戻った私は相変わらず仕事に忙殺された。何しろ数社の得意先へ月に数億円前後の品を納入しており、その種類だけでもたくさんあるのに、それぞれ価格をすぐに決めなければならないのだ。購買部の担当者と、一日の大半を過ごす。また、全国の販売会社から個別のシートや内装品の注文が殺到して、その種類も莫大なものであり、さらに次から次へと新車が発売されるので、それらの部品の価格も決めなければならない。コンピューター化も急いだが、基礎データの作成にも大変な時間がかかる。

さらに接待がある。購買部の担当者は周りから厳しい目で見られているから、あまりうまい話はなく、盆暮れの贈り物（人によっては豪華だが）にとどまる。しかし現場の検査係にはつけ込む者がいて、「俺の手加減一つだからな」と恐喝一歩手前みたいなこともあるので、関係を良くしておかなければならない。

接待場所は大体数ヵ所決めているが、その連中は飲み屋をハシゴしてツケを溜めており、そこへ私たちを連れ込んでツケを解消していくから、接待先が決まっているからといって安心はできず、常に大金を持参する。

それを接待先の店もまたよく察知していて、あるキャバレーのホステスなどは、

「今度は独りで来てね」

と私に囁く。もちろん私に惚れているのでなく、懐中に惚れているのだ。

ある得意先の接待客が、私の案内した一軒の寿司店をすっかり気に入って、次に夫人と二人で来店したが、支払い時にあまりの高額に腰を抜かし、支払いも足りず、私に電話して救済を求めてきた。私はすぐに店主に支払いを保証したが、その人はすっかり恐縮してしまった、という出来事もあった。

工場勤務も営業勤務も、車の生産・販売が増加の一途を辿っているというのに、人手は全く足りず、しかも前述のとおり、休日でも部課長はゴルフ練習に駆り出される。当時「過

労死」という言葉はまだなかったが、死亡者が出ても今のように「労災対象だ」などと騒がれなかった。

〈自動車事故〉

仕事に追われて疲労の度が増せば事故も起こる。

某日、私が社用のライトバンで部下の一人を助手席に乗せて十字路を右折した時、直進車と衝突して、私は肋骨を三本折ってしまった。事故の直後、私は運転席から出た途端、倒れた。車も大破らしい。助手席の部下は奇跡的に無傷だった。

通りがかりの車の中から、「あれじゃ、生きられないな」などと無責任な声が聞こえてきた。しかし、世の中には素晴らしい人もいる。その人とは結局、再び会うことはできなかったが、私の部下に声をかけ、二人で私を自分の車に運び、そのまま病院へ急送してくれた。あとから考えたが、私だったら救急車を呼ぶのが精一杯だっただろう。

当時はシートベルトやエアバッグ、ヘッドレストなどという安全装置はまだ存在していなかった。自動車保険も、強制加入の自賠責保険はあったが任意保険はなかったと思う。だから事後処理に苦労した。加害者（とまでは言えないかもしれない）の青年は、最初から最後まで私を見舞ってくれたが、貧乏なので賠償金は四万円以上出せないと言った。私は自分の方が悪いという弱みを感じていたからすぐ了承し、それを、同乗していた部下に見舞金としてそのまま渡した。

肋骨の骨折は大手術をするのだろうと思っていたら、病院の整形外科は大きなサポーターで胸を包んだだけで、「あとはそのまま自宅療養で、一ヵ月ほどは体を動かさないように」という指示があった。レントゲンで見ると、肋骨はポキンと折れた感じではなく、折れ目は竹を折ったようにささくれていた。

同僚はみんな見舞いに来てくれたが、上司は申し合わせたように誰も顔を出さなかった。私は自分の責任という自覚があったので、上司たちの態度に違和感はなかった。しかし、会社に戻れる時期になったので顔を出すと、掲示板には「譴責《けんせき》処分とする」と貼り出されており、事故の責任を明確にしていた。確かに車は廃棄処分になったし、会社に損害を与えたし、仕事上でも迷惑をかけたから当然だ。

そしてそのあと、賠償金として四万円を受け取ったことが明らかになると、部下に見舞金として渡したのは知られていなかったらしく、「罰金四万円を科す」と発表された。

同僚の一人が慰めるように私にこう言った。

「あの車のナンバーは５９４だろう？　俺は〝獄死〟と読んで、初めから嫌悪感があったんだよ」

その三　セールスマン

〔犬のセールス〕

やがて、私は体力の限界を感じ始めた。

車で明け方近くに帰宅して、午前八時までに出勤する毎日。就寝しても熟睡できず、仕事の夢ばかり見ている。休日は必ずゴルフで、のんびり寝ていることもできない。

会社を辞めたらどうやって生活していくのか、どんな仕事に就くか……。

自動車業界は火がついたような好景気だが、ほかの業界はそれほどでもなさそうだ。すぐにできる仕事というと、多分セールスくらいだろうということは想像できた。

当時の私は高い地位にあり、高給を貰い、交際している相手も社会的に高い水準にある人たちばかりで、本当に恵まれていた人生といえる。これらを一夜にして捨てるというのは、いかがなものか……。まず、まだ生存していた父に意見を訊くことにした。

「男は自分が考えた途《みち》を進むべきだ」

父の助言は簡単だった。私は我が意を得たりと思った。

しかし、これがのちのちまで妻の恨み事になり、今までどちらかというと私の父の存在は妻の中では尊敬の部類に入っていたのが、ガラリと変わった。その原因はつまり、生活窮迫が目に見えて窮迫してきたことにある。

分厚い給料はストップした。自己都合の退職だから、退職金もほとんどない。その後の毎月の給料は、カスカスの生活しかできない最低賃金の部類に入ったのである。その後の

I物産を退社した私が入社したのは、「T畜犬」という犬の繁殖、輸入から販売までを大規模な組織で行っているユニークな会社だった。

父が犬好きだったので、私が幼児の頃はシェパードを飼っていた。家族によくなつき、頭も良かったので家族みんなに愛されたが、戦争で人間も食べ物がなくなり、犬に与えるものもなくなって悩んでいた頃、それを察したかのようにこの世を去り、みんなで泣いた。だから私も犬が大好きだったが、不思議とその後は飼う機会がなかった。

セールスはピンからキリまであるが、「犬を飼いませんか？」というセールスは初めてで、大抵の人はこう言われると笑いをこらえる。

しかし、ペットを畜産業と同じスケールメリットがあると考えたのが根本的に誤りだったようだ。そんな単純なものではなかった。

その頃、社用車（軽自動車）で活動していたのだが、例えばエアコンはオプション（任意販売）であり、現在のように標準装備ではなかった。仔犬の運搬は昼夜四季を問わず行

うが、まだ寒さ暑さに弱いから、故に体調を悪くさせる。最悪の場合、死亡する。また、仔犬の管理は個室ではなく集合体だから、ジステンパーの感染もある。常に大量の輸入があったが、長時間の管理が理想的といえず、死亡率、罹病率が高かった。

それは私が入社してしばらく経ってからわかったことだが、会社側は、

「毎日必ず一頭売ってくるセールスもいる」

と言っていた。一頭売ると、犬種にもよるがマージンは一万円前後だ。そして、付属品やドッグフード等の売上げもあった。

前述のように死亡率が意外に高く、苦情が多かったのか、「死亡保障」というものがあり、買ってから一週間以内の死亡には「代犬」として同種の犬を無償で提供するとの宣伝もしていた。

私は東京本社で三ヵ月ほど研修を受けて、横須賀支店に勤務した。勤務し始めてすぐ問題になったのは、買った客が旅行その他の理由で犬をすぐに引き取れないというケースが結構あったことだ。支店は夜間無人になるので、従業員の個人宅で暫定的に預かるということになったが、勤務者の多くは独身で狭い下宿だから犬を連れて帰るのは無理で、ほとんどが私の家に集まってきた。ボルゾイ、セントバーナード、秋田犬のような大型犬が次から次へと来たので、収容場所に苦労した。

また、会社指定のドッグフードは米国製のバーガービッツというブランドだった。品質が高級なことはわかるのだが、残念なことに日本の気候条件に合わないのか、すぐカビが生えてしまう。そのため、犬によっては下痢をする。我が家の周囲が空き地や畑ならいいのだが、完全な住宅地なので、近所に対して悪臭が気になった。しかも、犬は次々と増えていく。私も子供たちも犬が大好きだが、限度を超えては苦痛になる。

最初の頃は、預かっていたセントバーナードの仔犬が引き取られて行く時、娘に、

「『お姉ちゃま、助けて。ぼくどこへも行きたくないよ！』って叫んでたよ」

などと言って泣かせて面白がったりしていたが、そのうちに便の掃除から消臭剤の散布まで苦労の連続になってきた。

また、会社では何でもやらなければならず、犬の交配士の手伝いもした。交配は種雄（体格、容姿、性格等、総合点の優秀なもの）のところへ雌を連れていく。例えば、ブルドッグはあの怖い形相だが、雌が近づくと匂いでわかるのか、ニコニコ顔になって舌なめずりをする。

雄は、連れてこられる雌を拒否することはあまりないが（一度、放ったらかしで飼われていたのか、人間から見ても毛が乱れ、たそがれた感じがする雌を、雄が嗅いだだけで拒否したのを見た。これは百パーセント飼主が悪いと思った）、雌は拒否する場合が多い。

その場合でも、交配士はいろいろな手法で百パーセント成功させる。

雌の出産でたくさんの仔犬が生まれると、その家の奥様方（時にはご主人）が懸命に世話をする。小型犬の仔犬は一般的に一度に生まれる数が少なく、大型犬は十頭以上ということも珍しくない。

生後一ヵ月半前後で会社から引き取りに行くが、親犬は不思議と動じないで、飼い主の奥様方が泣きじゃくるところが共通している。


しかし、給料の遅配が目立つようになってきた。それも二、三ヵ月から半年と日々延びていく。経営が創立当初から順調とはいえず、急速に悪化していたのだ。

時には有名人がモデル犬を連れての写真撮影があり、特にロシア産の猟犬ボルゾイが高貴な美しさを持っているとして好まれ、我が家で預かっているボルゾイにたびたびお呼びがかかった。犬を傷めないためにと近くまで来てくれたが、それでも車で運んでいかなければならず、夏場は暑い中で待ち時間も長いので、モデル犬は撮影が終わると、今までずっと我慢していたかのようにガブガブと水を飲んだ。しかも私や支店としては報酬は何もなく、全くのタダ働きだった。

テレビ番組にも出演した。私の預かっていたセントバーナードは種犬で二百万円と聞いていたが、その価格を当てるクイズ番組で、有名タレントもズラリといた。会社からは出演料として二万円を受け取ってこいと言われていた。

セントバーナードはヨダレが出るので、出番を待っている間、私はタオルで何回も口を拭いた。それには何も抵抗しないのだが、テレビ局の人が頭を撫でようと近づくと「ウォー！」と吠える。洋犬は大体吠えないものと思っていたが、機嫌が悪かったようだ。それでも出番を無事終了した。

クイズの回答は最高額で百五十万円という答が出たが、「残念でした」と司会者が頭を下げた。司会は石坂浩二だったが、私にお礼を言ってくれた。

二万円の謝礼は、結局本社に召し上げられて私には何の報酬もなかったが、会社のためになることだから、と割り切った。

預かっていたボルゾイはその後、交配のため本社から交配専門社員が雌犬を連れてくることがたびたびあった。その報酬もなく、フードだけは無料で、例のカビた米国のバーガービッツをくれる。私は犬に与える時にできるだけカビを取ったが、それでも慢性的な下痢症状は止まらなかった。

やがてボルゾイは「ボル」と名付けられ、我が家の愛犬になった。今までの犬の中で最も利口だと思うのは、餌を皿に入れても「ヨシ！」と声をかけるまでヨダレを垂らしながらも待つことと、散歩で広い野原などに放しても、名前を呼ぶと即座に私の目の前に飛んで帰ってくることだ。私をジッと見る目が、今まで飼ったことのある犬の中で最も利口そうに見えた。餌も良質なものに替えたが、下痢は止まらず、意外と短かった生涯を終えた。今までたくさんの犬を飼ったが、思い出に強く残る中の一頭だ。

やがて、会社は新しく「犬の債券」のようなものを発表した。百万円、二百万円単位の債券でお客につがいの犬を購入してもらい、その仔犬の販売益を配当とするというものだ。仔犬は従業員に販売させ、マージンを払うという仕組みだ。経営難になってきたことは明らかだった。

ところがそれを読売新聞がスクープとして大きく取り上げ、インチキ商法だと連日鋭く攻撃を始めた。

全販売店では毎朝、社長訓示が放送されるが、読売新聞のことには全く触れず、「今日も頑張ろう」と言うばかりだった。読売新聞は毎日報道を続けていたので、今日こそは何か社長から説明があるかと思ったが、ずっと何もない。

そのうちに東日本地区の社員総会があって、社長も来るというので待機していたのだが、社長の挨拶はここでも今までと全く変わらなかった。そして、社員が意見を述べる段

になって、東北地方の代表が、驚いたことに、

「今後とも一層努力して、会社の発展に努めます」

と発言した。私はここで、唐突だが明治維新を想起した。薩長連合の官軍が上京してきた時、東北連合軍が幕府側に立って抵抗した。これは、情報の伝達が遅いために現状認識ができていなかったからだ。それとそっくりではないか。

東北地方の代表のあと、関東地区を代表して、私のところの支店長がこう発言した。

「マスコミにあれだけ叩かれて、弁解や説明の一つもなく、どうして仕事を続けることができますか？　すぐに会社解散を決めて、従業員の未払い給料や、あとの処理には充分責任を持ってください」

東北代表は腰をぬかさんばかりの衝撃顔だった。社長はムッとした表情で一言もなかったが、これから全国を回るつもりでいたらしいのを、急遽取り止めにした。

この会社は結局、閉鎖した。あとに病犬を含めた多数の犬と、債権者（主として犬の債券の購入者）が残り、集会を開いたが、社長は家族も一緒に逃亡してしまったうえ、社員の大部分も未払い給料（約半年分）をあきらめて去ったので、残った社員の有志で後始末をすることになり、私もその中の一人になった。

残った犬は新聞広告を出して販売したが（資金は残存有志が拠出）、思ったほど売れず、

やむを得ず関係者が引き取ることになった。ひどい病犬は、可哀想だが保健所行きとなった。

〈有志とともに新しい会社を作る〉

残存有志は私を含めた数人で、今後、旧会社の得意先を主として、ドッグフードを作って全国的に卸小売するとともに、併せて犬交配の斡旋、仔犬の販売をすることになった。これに、新しく加わった一人が「全国の養魚池（主として鯉、金魚）向けのフードを、得意先やメーカーも知っているので併せてやりたい」という提案を出し、全員が承認した。

新社名については「ペットサービス株式会社」と「日本ペット産業株式会社」の二案が出たが、後者に決まった。

資本金は、私が百万円出すと言ったほかは、那須の土地の権利書を持っている一人以外、みんな文無しで、やむを得ず、旧会社の債券を買った資産家に交渉してみようということになった。後ろめたい気持ちもあったが、資産家たちに話すと三人が百万円ずつ出してくれて、証券化し資本金に繰り入れた。

皆で全国の大型ペット店と大きな養魚池を営業のために回り始め、私は大阪駅近くに関西支店を設けて、関西、中国、四国、九州を回った。宿は大阪のビジネスホテルだった。

ほとんどを車で回ったが、四国と九州とは飛行機で行くこともあった。

そんな中で、M乳業から仔犬の哺乳用の乳を開発したので協業したいとの申し入れがあり、私たちは喜んだ。

しかし、残念ながらなかなか黒字化しない。経理は新社長が兼ねて見ていたが、資金繰りのため、千葉の大きな畜産会社の社長から資金面の援助（融資）を受けていた。

そんな頃、私がドッグフードの工場で、手伝いで大型トラックに荷を積み上げ終えて荷台から飛び下りた瞬間に、かかとを骨折して歩けなくなってしまった。

通常なら労災保険の対象だが、会社に迷惑をかけたくないという気持ちから、「自宅で屋根のテレビアンテナを修理していて怪我をした」という理由にし、普通に健康保険で病院にかかった。

休んでいる間は傷病手当金によって実質賃金の約六割が補償されるのは同じだが、それは少額だし、会社から見舞金も出ない。我が家は当時の会社の内情と同じで貯金は底をついており、子供たちは大きくなって出費もかかる中、暗い気持ちになった。妻は既に家計を助けるために就職していたが、支出額に足りるような収入ではなかった。この頃が私の人生のどん底だったと思う。

同じ頃に知り合った横浜のペット商のO君は、私より年下だし小柄ながらスケールの大きい話をする人で、次第に取引きも増え、支払いも几帳面なので私は一目置いていた。彼はやがて神奈川県のペット商組合の組合長になり、さらに全国ペット商組合の組合長にまでなった。大型店舗を数ヵ所持っていて、私は自分の息子が高校卒業後すぐ自衛隊に入って任期終了後、仕事がうまくいかず困っていたので、彼の店で無償でいいから実習させてほしいと頼んだところ、快諾してくれて、自立の開店の際にはショーケースほかを無償援助すると言ってくれた。そして手当まで出してくれたが、残念ながら息子は自店を開店するには至らなかった。現在、O君の店は令息の代になったが、変わらず盛況だ。

さて、骨折した足は三ヵ月ぐらいで歩けるようになったが、傷病手当金の到着を今日か明日かと待った気持ちは今でも忘れられない。

私はこれを機に退職願を出した。社長からの言葉は、「拠出した資本金のことは忘れてくれ。株券は焼却してくれ」ということだけだった。

〈飼い犬二題〉

①夫婦喧嘩を食う犬

「T畜犬」からかなり時間が経過して、仕事が忙しいこともあって飼い犬とは縁が遠くなっていた頃、九州に嫁入りした娘が、ペット好きの私の気持ちを察したように、知り合いの愛犬家から譲ってもらったミニチュアピンシャーの雄の仔犬を贈ってくれた。

私は結婚後、同じ横浜市内だが、鶴見から金沢八景に引越していた。横浜の海水浴場は、戦後ここだけになっていた。東京湾の海は戦後、国民の生活が向上するにつれて排水による汚染がひどくなったが、金沢八景は排水の浄化装置が強化されたおかげで、乙舳《おつとも》海岸と野島海岸は、潮干狩りと海水浴の時期は大変な人出になり、「金沢シーサイドライン」という自動運転電車が五〜十分間隔で走るようになり、やがて「八景島シーパラダイス」という複合レジャー施設ができ、併設の水族館ではシロイルカとの触れ合いほか特別な催し物が多く、現在は「東京ディズニーランド」に次ぐ人気を集めている。

さて、娘が贈ってくれた犬は、辰年生まれなので私が「リュウ」と名付けた。今まで飼っていたのはふっくらとした犬が多かったので、蚊トンボみたいなホッソリした犬には違和感があり、辰年から「タツノオトシゴ」のイメージを持っていたが、実質的には恐竜のイメージになった。

前述の二つの海岸は、早朝やシーズンオフは人気《ひとけ》がないので、散歩紐をつけないで自由に走らせる。幸いにして、口笛を吹くとすぐ戻ってくるので、一時間でも二時間でも放しっぱなしにしていた。初めて海岸に行った時は、すごいスピードで突進していき、はずみで海中にドボン。犬掻きで一生懸命に泳ぐのを周りの人たちは笑っていたが、飼い主の私は気が気でなく、このまま溺れてしまうのではないかと心配した。

欠点は、自由に走らせている時に急に犬連れの人が現れると、すっ飛んでいってその犬にチョッカイを出すことだ。しかし絶対に噛むことはなく、クンクン嗅ぐだけだが、相手の飼い主からすれば危険を感じるから、「放し飼いは遠慮しろよ」と注意される。「スミマセン」と謝って、散歩紐はもちろん持っているのですぐつなぐが、リュウの楽しみを奪ってしまうような気持ちになる。

毎日散歩していて、いつも顔を合わせる人がいた。中年婦人が老婦人の車椅子を押しているという二人連れだ。どちらからともなく挨拶し合うようになった。

「娘さんですか？　毎日、親孝行ですね」

と言うと、

「いいえ。私、嫁なんです」

という答えが返ってきた。お姑さんを看護しているわけだ。私は感動した。肉親でもなかなかできないことをよくやるものだと感心し、それを思わず口に出して激賞した。

そんなことがあったのも忘れかけていたある日、その中年婦人が大皿に大型の平目の刺身を山盛りにして拙宅を訪れた。私は名前も自宅も言った覚えはないので、よくわかったなと思うのと同時に、私の激賞にそんなに感動してくれたのかと驚いた。

野島海岸は漁師宅が多いので、そのうちの一軒だろうということはわかったが、愚かなことに名前を伺うのを忘れて、散歩ついでにずっと探していたが、ついに見つからずそのままになってしまった。

それと似たようなことが起こった。野島海岸近くのあるお宅の庭で、見事な鶏頭《けいとう》を見かけた。私は園芸が好きなので、鶏頭をこんな立派に育てているのは大したものだと思い、ある日、住人を見かけたので激賞した。そして、そんな出来事を忘れた頃に、住人が拙宅を訪れ、鶏頭の苗を分けてくれたのだ。この人にも、私は自分の住所を教えたわけではなかった。その苗は見事に我が家の庭で育ち、道往く人たちが褒めてくれるほどになった。私がお礼に西瓜を届けたら、えらく感謝された。鶏頭はその後も美しく咲き続けている。

さて、リュウは「夫婦喧嘩は犬も食わぬ」という諺を破る犬であった。私たちが喧嘩を始めると、怒鳴っている方へ飛びつく。椅子に座っている時に飛びつかれると、椅子ごと転倒して自然に喧嘩をストップさせられる。

相変わらず散歩に行っては、周りに犬がいない時は好きなだけ走らせる。本人もそれが楽しみで、すごいスピードで走り回る。通りすがりの人たちに「すごいスピードですね」と言われるのが楽しみで繰り返した。

そんなリュウが、ある日、血便と血尿が出て食欲がパタッと止まった。私はリュウを自由に走らせていたことに何らかの被害を受けた人が、恨んで毒を盛ったのではないかと疑った。しかし、私の散歩の範囲には、そんなことをしそうな人は全く見当たらない。

こうしてリュウは、意外に短い人生（？）を終え、家族みんなで泣いた。私は、リュウを走らせ過ぎた自分の行為を悔いた。

息子が冗談めかして、

「夫婦喧嘩の食べ過ぎかな？」

と言ったが、私は全く笑えなかった。

②かぐや姫

リュウとの別れからしばらくした頃、自宅の庭を掃いていると、初対面の中年の婦人が、

「お願いがあるんですが……」

と話しかけてきた。

「突然ですが、引越しをすることになりました。あなたは愛犬家だという評判なので、是非お願いしたいんです」

「何でしょう？」

「新居では犬が飼えないので、この犬を飼っていただけないでしょうか？」

気がつかなかったが、婦人はヨークシャーテリアを連れていた。私はヨークシャーテリアを飼った経験があり、室内犬としては最高だと思っていたので、婦人の申し出は夢のようだった。

犬は雌で、まだ一歳になっていないという。抱いてみると、全く抵抗せずジッとしている。婦人は私に犬を渡すと、こちらが名前も聞かないうちに去った。

その夜、家族と相談して「プリン」と名付けた。とりあえず、温かい牛乳と人間用のビスケットを食べさせ、冬だったので、夜は私の寝床の横に置いたら、布団の中に入ってきた。念のため犬のトイレを置いて、夜中に自分がトイレに起きた時に、プリンを犬用トイレに入れたら、私が帰ってくると彼女はちゃんと用を足して布団に戻っていた。

今まで室内犬と一緒に寝たことはあるが、夜中に布団の中の犬に触るとビクリと動くことが多かった。しかし、プリンは全く動じなかった。ただ、寝起きが悪く、私が朝起きても一緒に起きずに布団の中に残った。家内は最初それを知らず、私がいない私の寝室に行ったら、布団が突然ムックリ動いたので腰を抜かしたと嘆いていた。

プリンは私が外出から帰宅すると、すぐソファの上に飛んできて膝にのる。犬は共通して散歩が好きだが、前のリュウとは対照的にユックリ歩いた。そして、同じ犬種のヨークシャーテリアと出会うとやはり関心を示すが、雄のように積極的には近づかず、離れて眺めている。それが、「タイプだわ」とか「タイプじゃない」とつぶやいているようにも見えた。急に駆け出したりせずノンビリと歩く習性から、そのうちに散歩紐なしで歩くようになった。もちろん他の大きな犬が近づけば紐を付ける。

リュウと違って「夫婦喧嘩は犬も食わぬ」という犬の標準型で、私たちが喧嘩をしても我関せずと、いつも私の膝が定位置で安住場所だった。

食事には気を使った。私はドッグフードメーカーを経験したにもかかわらず、プリンにはドッグフードはおやつ程度にしか与えず、主食は、牛乳、鶏ひき肉団子（野菜入り。薄味）、魚肉ソーセージなどを食べさせた。量は多くないがよく食べ、便も綺麗だった。

家内も子供たちも、私の愛情が百パーセント、プリンに向いているのが面白くなさそうだったが、一緒に可愛がって協力してくれたので、彼女にとっては幸福な日々が続いた。

某日、私は散歩の帰り、よせばいいのに、プリンを抱いて近所の小さな八百屋に寄り、果物を買おうとした。そのちょっとした拍子に、彼女は私の腕から落ち、店外に出た。瞬間、車が通過。プリンは倒れたまま動かなかった。

折悪しく日曜日だったが、かかりつけの獣医に車で駆けつけた。案の定「休業」で医師は不在。奥さんが、車で三十分くらいのところの日曜営業の同業者を紹介してくれたので車を飛ばした。

プリンは当初、少し動いたのと体がまだ温かかったので希望を持っていたが、「残念ですが、ご臨終です」と言われてしまった。

「まだ体が温かいですが……」

と反論すると、

「赤外線を当てているからです。心臓と呼吸は止まっています」

私は自分の目から大粒の涙が流れ出すのを意識した。とても不思議なのは、過去に肉親を含む多くの親しい人々との別離があったが、こんなに泣いた記憶はないということだ。

医師は私に同情したのか、

「診察料は結構です」

と言ってくれたが、三千円を渡した。それに乗じたわけでもないだろうが、「必要でしたら、ペット霊園をご紹介します」とも言ってくれたが、

「またあとでご相談します」

と辞退して、プリンの亡き骸とともに車で帰宅した。

家族もみんな泣いた。

私は、突然現れて、突然去った彼女が、「かぐや姫」のように思えた。そして、プリン

を死なせてしまったことは、私の人生の一つの大きな悔いとして残っている。

〈人生のどん底〉

その後、私は再びセールスマンになった。

バブルとか好況とか言われていた頃だったが、日本経済全般がそうだというわけではなかった。失業率はまだ高かったし、大学卒と言っても、お呼びのかかるのは新卒に限られていた。

その頃、常時募集しているのはセールスマンが主だった。だからセールスマンの集まるところに実際臨んでみると、立派な紳士たちがズラリといる。くたびれた中年男というイメージとは全く違う。「裸一貫」などというたとえはあてはまらない。

しかも、セールスマンは意外に支出が大きい。セールスだから服装に金がかかるのはわかりきっていたが、予想外だったのは靴の傷み方だ。一日最低百軒は回るので、靴底の減り方がものすごく早く、最初はかかとの部分が減ってきたなと思っていると、たちまち靴そのものが駄目になる。

前述の犬のセールスマンをやっていた時は、訪問相手は最初は大抵好奇心を持つが、まず、動物は飼わないとか飼えないという世帯が大部分だ。しかも価格が十万円から二十万円くらいが普通なので、ほとんどの人が値段を聞いただけで引く。

その後、百科事典や住宅等の販売もしたが、不思議なことに、毎日百軒回って、見込客はゼロから一軒で共通している。しかも「セールスは断られてから始まる」というのは全くの嘘で（あるいは見込客だけの話かもしれない）、私は無数の人たちの反応を観察し続けた結果、少しでも関心を持つ客と、全く無関心の客が判断できるようになった。

また、「そういう考えは初心者だ」と言われるかもしれないが、〝人間同士の相性〟というものもあるような気がする。こちらの説明をすべて吸い込んでしまうような雰囲気の人は、買ってくれる。買わない人はいくら熱心に口説いても馬の耳に念仏調だ。

そして、買ってもらってホッとしていても、何日か経ってキャンセルということもある。

以上のようなことは素人の考えかもしれないと思うのは、セールスのトップメンバーの人たちは、私など想像もできない成績をあげているからだ。

その中のメンバーの一人が、こう言っていた。

「俺はセールスが性に合ってる。セールスは自分で舞台を作り、演出と演技をするものだ」

「好きこそ物の上手なれ」というのは、セールスにも適用される言葉かもしれない。

住宅の販売では、一軒売るとマージンが二十万円になった。一ヵ月に二軒売った時は収入が四十万円になりホッとしたが、糠喜びだった。車で回っていたので、頑張った分のガソリン代に月六十万円を請求されたのだ。

二人の子供の教育費がジワジワと上昇してくるのに、収入はカラッキシで、どん底の人生が続いた。

ある日、仕事仲間の一人、それも私よりもかなり年長の人が車でセールスに回っていたところ、事故を起こして大怪我をし、入院した。私はなけなしの金で見舞品を買って彼を見舞った。すると彼は、

「人生のどん底の俺に、見舞客なんか来るとは思わなかったよ。俺もいい時があってチヤホヤされたものだが、今は誰も洟も引っかけない。よく来てくれたな……」

と涙を流して喜んでくれた。私もその気持ちがよくわかるので感慨無量だった。

そんな私の苦境を一番気にしていたのは、父母だったようだ。

その四　調剤薬局経営

ある日、父から「仕事について話があるから、体の空いた時に来るように」と電話があり、いつも仕事探しを父に頼るなぁ……と頭を掻きながら行った。

話を聞くと、神田のとあるビルに医院の集合体（メディカルビル）ができるので、私の

二人の弟がそこで開業するという。上の弟は、横浜駅前の目抜き通りにあるビルで既に友人と共同で耳鼻咽喉科を開業していて盛況だったが、そこを撤退して神田に移る。下の弟も横浜市内で調剤薬局を開業していて盛況だったが、自分は神田に移って調剤薬局をひらくので、兄貴に横浜の方の経営を任せたいと父を通じて言ってきた。まさに賢弟愚兄だ。

横浜の薬局は、すでに数人の薬剤師が安定的に勤務しているので実務は何ら支障なく、その総括者が必要だった。

実際に仕事を始めてみて驚いた。ムードミュージックのかかっている部屋に座っているだけで、何百人という客が処方箋を持って自然に集まってくる。これまで、雨の中、嵐の中、毎日お得意様探しの放浪に近い旅を続けた身には極楽だ。

そんな中、処方箋の客がこれだけ集まるのだからと、市販薬はもちろん、日用雑貨にも力を入れ、読売新聞販売店主とも仲良くなって、チラシは販売店で作っていたので原稿を毎回渡し、売上げも上昇した。読売以外の客に、「うちには広告が入らなかった」という苦情も多かったほどだ。

もちろん私は処方はしないが、白衣を着て市販薬の販売をした。病気や怪我の相談が意外に多く、医者の立場と変わらず、医薬品の効能を熱心に読んで相談の対応に心がけ、客から感謝の言葉をかけられることも多くなった。主任の薬剤師は私の子供くらい若かったが、漢方薬に詳しいので、漢方の特別コーナーも作った。

日曜祝日も営業して売上げを伸ばすことは、同じ商店街にある多くの店が実施していたが、当店は主体が医者と直結した処方箋による調剤だったので、医者に合わせて日曜祝日は休業していた。商店街による各商店の売上げ調査が時々あったが、うっかり公表できなかった。日曜祝日を休んでも、ほかの店の十倍以上の売上げがあったからだ。もちろん、人件費、仕入代金などが桁違いに大きいから、利益率は高いとは言えないが、それでも経営は安定していた。

ただ、処方箋を発行する医者の恩恵が大きいので、彼らにはそれなりの配慮が必要だった。盆暮れの届け物は言うまでもなく、医者たちが忘年会や新年会、その他の特別な催しをする時には、こちらは「寄付」をするのが当然で、うちの薬局が参加する場合は全額を負担する。しかも、医院や病院の全部ではないかもしれないが、製薬会社からのバックマージンも大きかった。

その後、二人の弟は私を神田の診療所、薬局の双方の事務長に指定し、給料を上積みしてくれた。それが公的年金支給までの貧困期間を埋め、老後を潤してくれている。

そのために神田出張が多くなったが、改めて驚いた。まず、昼食時には、どこからこれだけの人間が湧いてくるのかと思うくらい、雲霞の如く人が街に出てくる。無数の高層ビルから流れ出してくるのだろうか。書籍が売れなくなったと言われて久しいが、書店はいつも超満員で、私もずいぶん購入した。

神田の店は「さすが東京だ」と思う。医院、薬局とも押すな押すなで、聞くところによると、国税庁の査察なんて普通は滅多にないものらしいが、弟は二人とも毎年査察を受けていた。それはそうだ。処方箋が山積みになる。横浜の店の連中が見たら気絶するくらいだ。

そのうえ贅沢なことに、私は主任薬剤師と交代で、国内旅行はもちろんのこと、海外旅行を繰り返すことができた（といっても、実行したのは私の方が圧倒的に多い）。どん底時代、妻は「ひどい人と結婚してしまった」と思っただろうが、これで少しは罪滅ぼしになったかもしれない。しかし、他力本願だったのが心残りだ。

所用があって裁判所に行った時に感じたのは、失礼かもしれないが、判事は神様で書記その他は下僕みたいなイメージだ。二人の弟が取得した医師、薬剤師を含めた国家資格の重々しさを感じた。大学在学当時、私が国家試験を軽んじてしまったのは本当に若気の至りだと痛感する。後悔先に立たずか……。

薬局を経営していた頃の、忘れられないエピソードがある。

米国のP&Gが紙オムツ「パンパース」を発売して爆発的にヒットした。それまではオムツといえば布製で、浴衣生地を活用して作ったりするなど、結構手間がかかった。私もミシンをかけて子供のオムツを作った記憶がある。しかも、プラス洗濯の手間があった。

そんな中で発売された輸入品のパンパースは当初、意外にも若い主婦たちからのクレームが多く、「尿、便が洩れる」「サイズが子供の体に合わない」等の苦情が寄せられた。あまりに多いので、私たち小売部門から卸部門へ伝えた。だから、そこからさらにメーカーへ伝わったと思っていた。ところが、パンパースは何の改良も行わない。

そのうちに花王が国産の紙オムツ「メリーズ」を発売し、ここで両者の極端な違いが表面化した。パンパースは改良もなく同じものが継続して出荷されていたが、メリーズは次々と改良に改良を重ねたのだ。主婦たちのクレームをドンドン吸い取っている。

その結果はどうか？　パンパースは売れ行きが完全にストップし、売れるのはメリーズのみとなった。それからは、あとを追うように「マミーポコ」をはじめ、ほかのメーカーの製品が続出し、やがて、平面な板状だった大人用オムツも各種、紙オムツとして売り出された。

私はその後ヨーロッパ旅行をしたが、さすがにP&Gの販売力の強大さを感じた。あらゆる店にパンパースが必ず置いてあるのだ。その頃はまだ、日本の紙オムツは海外に進出していなかった。やはり嵩があるから輸送コストがかかるのだろう。だから、ヨーロッパの人たちが「紙オムツはこんな物」と思い込んでいるのだと思うと哀れになった。

また、かなり近年になってからだが、中国人の日本製紙オムツの爆買いが始まった。観光客はいうまでもなく、ブローカーが大量に買い込んで自国内で販売するわけだが、高値でも飛ぶように売れるので充分採算が取れるという。

日本の各メーカーの、消費者ニーズに的確に照準を合わせる力は、紙オムツに限らず世界的に偉大だと感じる。私がいた自動車業界も同じだ。米国内では左ハンドルしか造っていない。右ハンドルを混ぜると工場の能率が落ちるという考えからだ。しかし日本の場合、輸出車は相手の国内事情を詳細に調べ、ハンドルはもちろん、冷暖房、視界、内装品、タイヤ、すべてをその国の気候風土、国民性に合わせていた。それを、手間をかけても一本のラインに流す場合もあるのだ。

植物は動物に奉仕して
子孫をふやしているんだネ

第四章

外国旅行寸描

調剤薬局の経営を最後に、五十五歳過ぎに現役を引退してから、旅行に明け暮れる日々となった。

国内旅行は月に一回。大部分を車で出かけ、北は青森から南は山口県、四国全域。北海道と九州はツアー参加が主体で、現地でレンタカーを借りることもあった。

外国旅行は大体年に一、二回で、七十代で終えたが、私が体験した外国旅行の寸描を記してみようと思う（すべて昭和時代のことなので、現在はかなり変化しているだろう）。

韓国

ペット産業の経営時に、商品（ドッグフード缶詰）の仕入れ先の招待で韓国へ行ったのが、私の生まれて初めての外国旅行だった。

旅行案内のパンフレットに「大韓民国」とあったことに違和感を覚えたが、考えてみれば日本だって「大日本帝国」として当然の顔をしていたのだから大きなことは言えない。

英国客船「コーラル・プリンセス（珊瑚姫）号」で横浜港から出発し、神戸港経由で釜山港へ向かうコースだった。神戸港を出て夜の瀬戸内海に入った頃、甲板から眺めていると、船が海上にサーチライトを照らし、時々汽笛を大きく鳴らす。よく見ると無数の漁船がいた。中国地方から四国へ長大な三本の橋が架かる前だ。やがて左の方にまばゆく光る大都会が見えてきた。

「ハテ？　瀬戸内海の大都会というと、広島かな？　それにしては方向が違うな」

と考えているうちに香川県の「高松」であることがわかった。高松ってそんなに大きな都市だったのか、と認識不足を恥じる。

食事の時には必ずボーイが「コーヒー　ｏｒ　ティー？」と訊く。英国船だから紅茶に決まっていると思い込んでいた自分をまた恥じる。

船員は明らかに旧植民地から集めた人たちだった。船長、機関長、航海士等の高級船員は当然白人だと思うが、船内で見かけることはなかった。パーサー（事務長）は日本人で、食事の時に各テーブルを回っては愛想良く接していた。

船内には娯楽室もあり、私はその中のカジノで20ドルを稼いで得意になった。

食事は洋式で評判も良かったが、全然喉を通らなくなることが起こった。玄界灘を通過した時である。荒波が大型船を木の葉のように弄んだ。参ったのは船客たちだけではなく、甲板の端の方にうずくまってしまった船員もいた。

やっと釜山港に着いた時は、海水の透明度に驚いた。東京湾を見慣れている私には、同じ海とは到底信じられなかった。けれど、それも現在はすでに変わってしまっているだろう。後年、沖縄の離島を旅した時、透明度が昔の釜山をさらに上回っていたのでいたく感激し、日本にもこんな海があったのだと安心したものだ。

さて、釜山港から上陸し、道を行く人たちを見て驚いた。私は服の生地については詳しくないが、それでも男性たちの背広がスフのように安っぽくて薄い生地であることがわかった。そして、若い女性たちは化粧をしていないように見えた。逆に日本へ帰った直後、女性たちの化粧が厚くて、誰もが人造人間のように見えたものだ。

当時の韓国は朝鮮戦争の直後で、現在の韓国ドラマから受けるイメージとは別世界の、むしろアフリカ奥地のような荒れ果てた後進国そのものだった。

釜山から京城への観光バスが朝八時に出発するということで、私たち日本人は当然、出発の十分以上前から集まっていた。ところが、いつまで経ってもバスが現れない。実際の出発は昼頃になったが、時間のズレのお詫びは一言もなかった。

高速道路は完成したばかりと言っていたが、途中見かける道路工事の現場には日雇労働者がたむろしていて、しかしどこを見ても働く姿はなく、煙草を吸いながら雑談に耽っていた。

バスガイドは五十過ぎの女性だったが、日本（本土）に住んでいたという。彼女のよう

に日本に住んでいた人々は、終戦直後の日本の米国帰りに似て、エリート扱いだという。そのガイド曰く、

「日本人は朝鮮戦争でタンマリ稼いだから、今日はスッカリ還元していってください」

また、得意そうに胸を張って、「このバスのタイヤは、純国産品です」とも言っていた。

あとで理解したのは、金の還元先は妓生（芸妓）だった。参加者の大部分は言われるままに妓生の街へ直行したが、私は船中のカジノで味を占めたので、済州島のカジノへ行った。しかし結局、妓生の街へ行ったみんなと同じぐらい（約二万円）貢いでしまった。また、純国産のタイヤは途中で破裂して、タイヤ交換と修理に一時間以上待たされた。

高速道路の途中は見渡す限り農地で、トイレがないので仕方なくみんなで並んで立小便だ。同行の一人がコーラの空き瓶を投げ捨てたところ、どこからともなくワッとハダシの子供たちが集まってきて奪い合った。瓶を拾って換金するのが目的かと思ったら、必死になって残りの微量の液を飲んでいた。

食事がひどかった。米飯は半分が麦で、パンは黒パン、バターは石鹸のような感じ。コーヒーは、味もひどいが、入れるのがミルクやクリームでなく、生卵。見かけが栗きんとんのような食べ物があったので期待して口に入れたら、唐辛子の辛さで飛び上がった。

「食べ物があるだけいいよ」と、戦中派同志が慰め合う。

町内には要所要所で、引き金に指をかけたままの武装兵士（警官ではない）が銃を構えている。写真撮影と夜間外出は一切禁止。

韓国は日本と同じく後進国から一気に先進国に躍り出て、日本の「賠償」という名目の莫大な資金援助や技術援助、中間層の厚さということもあるが、そもそも漢民族というのが世界的に優秀なのだろうか。

私たちの訪韓時（朝鮮戦争直後）の為替レートは、100ウォン＝約七十円だったが、現在は100ウォン＝約十円である。サムスンを始め、世界的に進出した韓国企業がいくつかあるが、このウォンのレートがさほど大きく変わっていないことが輸出の味方になったのは間違いない。

一方、日本は昔は1ドル＝三百六十円の固定相場だったのが、以降、1ドル＝百円台とかなりの円高になっても今の経済を築いたのだから、技術力を含め、その努力は大変なものだっただろう。この底力を今後も生かしたい。

タイ、シンガポール、香港

タイの若者はまるで兵役のように、一時期出家して僧侶になる習慣があるらしい。毎朝僧侶たちが行列してくるのに応じて、各家庭（中流以上だと思う）の主婦がズラリと並んで喜捨の飲食物を提供している。離れていてよく見えなかったが、僧侶の服の袂にそのまま入れているようなので、水分のあるものはオニギリ状態にしているのかと思う。そして驚くべきことに、何十人もの子供たちが、喜捨を受けた僧侶の袂に手を突っ込んで内容物のお裾分けを貰っているのだ。僧侶も当然のこととして、平然とした表情だ。

タイは河川や海の水上交通が混んでいて、エンジン付きの長い小舟（カヌーのような感じ）がたくさん往来しており、観光客の乗っている舟を見かけると、果物売りや土産物売りの舟が群がってくる。

ショーも開催する大宴会場は、タイ、シンガポール、香港ともに共通して豪華絢爛で、いずれも華僑の大富豪が経営していることをうかがわせる。ただ、タイとシンガポールでは果物が山のように出てとても食べ切れなかったが、香港ではパッタリと出なかった。

私は伊豆の「堂ヶ島洋ランセンター」が大好きで年に何回も訪れていたが、経営難のため二〇一三年に閉鎖された。大規模な温室の管理コストが大変な負担になったのだと思う。その点、シンガポールにも大規模な洋蘭園があるが、なんと露地栽培だ。維持費は日本の場合と比べものにならないだろう。

シンガポールは東京二十三区とほぼ同じ大きさの狭い国だが、香港と同様、無関税の自由港があるから、貿易はもちろん、加工業をはじめとして技術力も高く、マレーシア全土の水道の浄化も引き受けている。私の行った頃はマレーシアもまだ未開拓だったので、無数のマレー人がシンガポールに出稼ぎに来ていた。

香港では超高層住宅が林立していたが、なんとゴミを窓から投げ捨てるので、地面はひどい状態だった（現在は改善されていると思う）。その反面、一軒で何千坪という広い敷地に超高級車十数台という広大な邸宅もある。

いずれにせよ、イギリスが植民地という気安さから関税をゼロにしたのだろうから、貿易はもとより加工業も大発展したのだろう。華僑も水を得た魚だったのではないか。

香港は百万ドルの夜景というが、私は函館の夜景の方が感動した。香港は函館ほど空気が澄んでいない。なお、夜景のスケールからいえば、米国エンパイアステートビルの屋上からの風景と、東京のスカイツリーから見る風景が桁違いではないかと思う。

私は香港で、海外旅行で初めて犯罪行為（未遂だが）に出遭った。タイガーバームガーデンで若い男がパンフレットのような物を差し出したので何気なく受け取ると、「マネー」と言う。慌ててよく見ると、絵葉書だ。しかし買う気はないので返そうとすると、さらに「マネー」と言う。「ノー」と押し問答していると、男の仲間数人に囲まれた。そこに運よく私と同行のAさんが通りかかって事情を知り、「コール！　ポリス！」と大声をあげると、男たちはサッと消えた。

Aさんはその数日前にドリアンを買って、一人で食べ切れず、私にも勧めてくれたのだが、私は食べてみたいくせに変な遠慮をして断ってしまったということがあったので、なおさら肩身が狭かった。

Aさんは旅慣れていて、

「香港には一日で仕立てる洋服屋がある」

と注文しに行き、夕方その服を着て戻り、

「日本の価格の六割ぐらいですよ。結構上等でしょう?」

と言っていた。確かに上等だと思った。

エジプト、トルコ

エジプトとトルコに共通していることは、両国とも国民の大半がイスラム教徒であり、早朝から拡声器でコーランを聞かされることだ。

そして観光業が国家収入の大きな部分を占めており、観光関連の就業者も多いので、最近のテロの多発により観光客が激減していることは、国家収入はもちろん、失業率にも大きな影響があり同情に堪えない。

トルコの教会は、十字軍の勝敗によって、イスラム教になったり、キリスト教になったり、改宗、改造が繰り返された。私たちは西洋史で十字軍は正義の味方であると教えられたが、現在でも現実にトルコはイスラム教国であるがために、ＥＵへの加盟を保留されている。まだまだ宗教の対立は根が深い。

宿泊したトルコのホテルで、トイレの水の出があまりに悪かったのでタンクを覗いたところ、部品が落ちて水浸しになってしまった。結果的に部屋替えになったが、弁償金として約三万円を請求された。同行していた妻が、「米国人だったら絶対に払わない」と言うので、仕方なく添乗員とホテルの社長のところへ行った。社長は朝食中で、

「是非ご一緒に召し上がってください」

と愛想が良かった。しかし、こちらが故意で壊したわけではない旨を強調しても交渉は無駄で、三万円で出国差し止めになったらかなわないと思い、支払った。蛇口をひねれば水も湯も、いつでもザーッと出るのが当然と思っている自分が、思い上がっていたとも気づいた。

考えてみると、外国で水道の出が良かったのはアメリカだけで、ヨーロッパでは出が悪いどころか、その水が飲めない。イタリアではナチス将校の常宿だったという超高級ホテ

ルに泊まったが、天井、壁全体が鏡張りで超デラックスにもかかわらず、水道の出はチョロチョロで、バス、シャワーは日本の数倍の時間がかかった。

エジプトでは、早大の名誉教授で考古学者の吉村作治さんとたまたま出会って、妻と記念写真を撮らせてもらった。かつて欧米の考古学者たちが貴重な埋蔵品を皆、エジプト国外に持ち出したため、国内にはその一部しか残っていない。それと比べると、吉村教授をはじめとする日本の考古学者たちは、新発見をしても主として学会やマスコミに発表するだけで、たまに一部を持ち出して日本で展覧会を開催してもちゃんと戻すので、「観光客増加のPRに貢献している」ということで、エジプトでは国賓のような扱いだ。

モスクでコーランを合唱し、祈りを捧げる群衆は男性に限られ、女性は一人もいない。女性の集団行動は認められていないのだ。

エジプトのレストランでは美しいケーキがズラリと並んでいたので、同行の女性たちは我先に皿に盛った。私はスパゲティがいかにも美味しそうだったので注文した。

ところがそのうちに、女性たちが悲鳴を上げ始めた。まるでイメージと違う味で、

「ひどい味ね。食べられないわ」

とみんな残した。そこで私が余計なことを言った。

「男性も見かけだけで決めては駄目だよ」

するとと女性たちが私のところに押しかけてきた。

「おじさん、理想的な男性を紹介して！」

私は目を白黒させながらスパゲティを口に入れたが、その瞬間、ペッと吐き出してしまった。腐敗でもしているかのような味だったのだ。

スパゲティには因縁がある。のちに行くアメリカでもその不味いことに閉口して、少ししか口にしなかった。同行の人たちもあまり食べなかった。スパゲティソースは石油缶のようなものから取り出していたから、工場直送らしい。イタリアでは逆に美味し過ぎて食べ過ぎてしまった。

ギリシャ　――オリエント急行

エーゲ海クルーズは島々を回遊する。どの島も白い建物に統一されていて美しい。満員の船は九割が日本人で、一割の白人は固まって小さくなっていた。

ある島で無数のアイスクリームが用意されていたが、あっという間に消えた。私は、香りが強くて日本人向きではないような気がしたが、誰一人文句を言わず満足気。

革製のバッグが美しくて廉価なので購入した。日本では牛革、ワニ革が圧倒的だが、ヨーロッパは山羊、羊皮が多いような気がした。

パルテノン神殿は、終戦直後に出した同人誌に私が描いた表紙絵を思い出したが、まさか実際に訪問するとは当時は夢にも思っていなかった。

映画で有名な「ナバロンの要塞」はこの付近にある。無数の犠牲者が出た激戦があった過去がとても信じられないほど美しくて平和なギリシャだ。考えれば、沖縄、サイパン島、ハワイなど、現在の平和で美しい観光地も同じ運命を辿ってきたのだ。

「オリエント急行」はトルコのイスタンブールとフランスのパリをつないでいた。従業員たちはさすがに様々な人種（肌の色、背格好、顔つき等）だが、共通してマナーがいい。

最後に、機関士から食堂の調理人、給仕、売店の売り子、車掌等々十数人が日本人ツアー客の各グループの単位（社員グループ、友人グループ、夫婦等）全員との記念写真撮影に協力してくれた。何十枚もの撮影の間、ジーッと微笑みを続けてくれるサービスぶりだ。

食堂車は席も通路もゆったりしていて、ダンスもできるスペースをとっており、料理も満足の内容だった。一番の特徴は延々と一時間以上も続くデザートで、アルコール、ソフトドリンクはもとより、つまみのナッツやチョコレート、クラッカー、アイスクリーム、果物と続々と運ばれ、食後の会話が弾む結果を呼ぶ。

日本のご婦人方の一部が食堂車でのダンスを予定していて、豪華なドレスと宝石だらけのいでたちで現れたが、乗客はほぼ日本人だけという状態に近く、せっかくの機会を失った感があった。

また、寝台は個室なので、ベッドに入ったままいつまでも会話が弾み、楽しい時間は限りなく続く。

日本へ帰ってから、「カシオペア」や「北斗星」との比較をよく聞かれたが、ＪＲに対する私からのアドバイスは、以下のようなものだ。
一、寝台の部屋の構造はあまり違わないが、もし再現させるなら絶対に広軌の車両を使ってほしい。
二、食堂車が大きな楽しみの一つなので、オリエント急行の場合は部屋毎の予約制がしっかりしており、ゆっくりできたが、日本の場合、早い者順のため長時間待たなければいけないことがある。
三、シャワー室は日本独特で、湯量も想定より多いので、より充実させたい。
四、食堂、トイレ、シャワー室、売店などのレイアウトを充分配慮してもらいたい。

西ヨーロッパ

私が西ヨーロッパ諸国を回った時は、戦後五十年も経っていたのに各国とも外貨不足で、例えばドルをポンドやフラン等に両替すると、出国する時に残金を再びドルに戻すことができなかった。だから仕方なく残金で土産物を無理に買う。

一九四五年の大戦終了時に、地球上の半分のＧＮＰが米国に集まっていた。その原因は、連合国、中立国が武器をはじめ生活用品や原材料など大量の物資を買いまくったからだ。そのツケは長々と残り、ヨーロッパ諸国はまだ豊かさを満喫していなかった。

朝食の簡素なことには驚いた。極端に言えば、各国ともパンとコーヒーのみという状態が普通だった。「もともとそういう習慣なんだよ」と言う人もいた。もちろん、昼食や夕食は内容がいい。

イギリスに世界から集まる観光客の数は桁違いで、バッキンガム宮殿の衛兵交代式に集まった観光バスは今まで見たことのないほどの数で、もしかすると数百台はあったかもしれない。

そして、よく知られている衛兵たちの無表情、無反応は想像以上で、意地悪な観光客の一人がなんとか彼らを笑わせようといろいろな挑発を繰り返したが、ビクともしない。蝋人形館の人形を相手にしているような気がした。

ヨーロッパに入ってまず目についたのは、ロンドンやパリのような主要都市には、黒人、アラブ人、東洋人等、白人以外の人種が非常に多いことだ。広大な植民地を有していたのだから当然のことと納得させられた。

対照的に北ヨーロッパでは金髪の白人が非常に多く、黒髪、赤髪もいたが、いずれにしても白人以外は見かけなかった。

ロンドンは都心部でも二、三階建ての建物が多く、超高層ビルは見かけなかったが、現在は変わっているのだろう。タクシーは古風な黒い背高の車に統一されていたが、その後、変化したらしい。

男（主として中年以上）は、仕事中でなくてもスーツにネクタイといういでたちが多い。今でも貴族が健在で、国王が世界で最も強力で保守的な「大英帝国」という呼称がピッタリな国で、ＥＵに加盟してもユーロを採用せず、ポンドに固執し、唯我独尊の姿勢を貫いているのだから、今回のＥＵ脱退も自然の成り行きと言えるだろう。

アメリカに長く滞在していた日本人の話によると、米英は緊密に見えるが、イギリス人は、アメリカ人が食事の時にナイフをあまり使わず、片手でフォークだけで食べるのが品が悪くて我慢できないそうだ。保守的でカチカチに見えるイギリスにも、ビートルズやジェームズ・ボンドが生まれているのだから、時間が経てば変化は避けられないだろう。

フランスのルーブル美術館は、その規模といい、収蔵の美術品といい、桁違いに大きいので、溢れんばかりの入場者も中ではゆったりと観られる。私は「ミロのビーナスの像」でゆっくり写真を撮ることができた。ただ唯一の例外はレオナルド・ダ・ヴィンチの「モナ・リザ」で、たまたまだったのかもしれないが、ごった返していて危うく団体から迷子になりかけた。

フランスの新幹線ＴＧＶは日本の新幹線より速いと自慢だったが、日本の新幹線の客席が全部進行方向に向きを替えることができるのに対して、ＴＧＶは車両内の半分の座席が向かい合っていて固定式だった（今は改良されているのかもしれないが）。

パリの地下鉄「メトロ」は、東京と全く同じで網の目のように複雑だ。まず、駅の出入り口が東京のようには目立たないので、探すのがひと苦労。私たち夫婦は厚かましく、通りがかりのフランス人に「メトロ？」と一言だけ訊く。相手は一生懸命に詳しく説明してくれるので、同行者のほかの日本人たちは、「あの人は仏語が達者だ」と安心してゾロゾロ付いてきた。

エッフェル塔の場所も、「エッフェルタワー?」と仏英混合語で現地の人に訊くと、丁寧に長々と説明してくれる。同行の人たちは、「中川さんはペラペラだ」と、また頼もしがる。

しかし、パリの街は日本のように丁寧に清掃はしないらしく、散歩の犬の糞だらけで、日本人たちも思わずフンづける。「アラ、イヤだ」と不快気にハイヒールをティッシュで拭く女性たちに、「ウンが付いたんですよ」と慰めるとドッと笑った。ハイヒールは、犬の糞などの汚物を避けて歩くために作られたのが起源だという話もある。

帰りは地下鉄の路線の中で全くわからなくなって途方に暮れていたところ、運よく東洋人が通った。ちょっと日本人離れしていると思ったが、香港からの留学生だった。私が片言の英語で行先の駅名を告げると、快く案内を引き受けてくれたので、無事に駅に到着した時に、「グレートブリテン・イズ・アワ・グレイト・ティーチャー」と礼を言った。まだ返還前の香港人だったから英人扱いでそう言ったのだ。通じたか否かはわからないが、笑っていた。発音も内容もひどいと笑ったのかもしれない。

同行の人たちからは、「中川さんは英語も仏語もペラペラなんですね」と尊敬を込めて言われたが、「英語廃止」で洗脳教育された時代だったとはいえ、外国語習得の不勉強さを改めて悔いた。

フランスで食事をした時、バンドがシャンソンを演奏した。日本人向けに「愛の讃歌」や「枯葉」も入っていたが、歌手がいればもっとよかった。演奏のオーダーが私の番に来た時は、「マドモアゼル・ド・パリ」を頼んだ。

食事にはエスカルゴ（かたつむり）が出た。同行の若い女性たちの中には「キャー！」と逃げ出す者もいた。私は戦時中の経験から免疫になっているから平気で食べたが、タニシと全く同じ味わいだった。

北海道の礼文島を旅行した時に生ウニ丼が出たのだが、山盛りの生ウニを前に、あろうことかやはり「キャッ！」と逃げ出した女の子がいた。食べるどころではなく、うまそうに食べている私たち夫婦を不思議そうに見ていたが、そのもったいない思い出が頭に浮かんだ。

イタリア

イタリアで昼食にスパゲティを運んできた店員が、私が大柄だからか、「タント？　タント？」と訊く。私はうなずいて、「タント、タント」と言った。すると皿に山のように盛ってくれた。

スパゲティはうまかったので全部平らげて追加を要求した。するとまた「タント?」と訊く。私はうなずく。

「タント、タント」

「タント」というのは日本語だと思い込んでいた（タントはイタリア語で「たくさん」という意味）。

だって、カメオの売店付近で、「モシモシ、カメオ、カメサンヨ」と歌っているイタリア人がいたのだ。「十個で一万円」ということで、ライターの火で炙ってプラスチックではないと証明していた。だから、日本語に通じているイタリア人が多いのかと思ったのだ。

美味しいスパゲティを食べ過ぎてお腹が痛くなり、次の訪問地のスイスでは、登山列車の終点からマッターホルンの雄姿の全体像が見える見晴台まで行けず、駅で待った。

イタリアではピサの斜塔も見た。たくさんの観光客に囲まれていたが、さすがの斜塔も長年の我慢に耐え切れず、倒壊寸前の姿で、何本もの強大な鋼鉄製のロープで支えられていた。

ガリレオがこの上から重量の違う物を落として重力の法則を発表したというエピソードが有名だが、ニュートンもリンゴが木から落ちるのを見て地球の引力の法則を発見したというエピソードと併せて、「一葉の散るを見て秋の到来を悟る」という日本的な詩情と比べて、白人の思考力はずいぶん違うものだと思う。

「ナポリを見てから死ね」という諺が有名だが、「日光を見ずして結構と言うなかれ」という日本の諺とはちょっとニュアンスが違う。日光は、東照宮をはじめとする神社仏閣、中禅寺湖、華厳の滝、秋の紅葉などを見るとナルホドと思うが、ナポリの景色は特に圧倒されることがなかったので、私は首をかしげた。しかし、ハタと思い当たったのが「ナポリ民謡」である。ステージで歌手が歌うだけでなく、観光客全員が合唱する。それも国際的で、原語のイタリア語はもちろん、日本語、英語その他の言語で一斉に歌い、その楽しいこと。曲も豊富で、オーダーが私の番に来た時は「帰れソレントへ」を頼んだところ、バンドはすぐに応じてくれて、私の知らない歌も含めて無限に歌い続けた。もちろん、それを聴きながら飲むビール、ワイン等のアルコールをはじめ、ソフトドリンクもツマミも豊富だった。

ツマミといえば、オーストリアを思い出す。いろいろな種類のソーセージが山のように積まれ、演奏には「エンパイアワルツ」をオーダーしたら、「オー、カイザーワルツ」と応じた。

ローマには何千年も前の円形コロシアムが厳然と聳えているが、このような古代の遺跡がまだほかにも多数あり、アメリカ人観光客が爆撃の跡と勘違いしたのもやむを得ないと思った。また、映画「ローマの休日」の影響は大きく、グレゴリー・ペックが嚙まれたふりをした「真実の口」の像や、コインを投げ入れると再び来られるというトレビの泉などは、観光客の行列が生じていた。

ポンペイの噴火の遺跡もよく保管されていると思った。赤ちゃんを抱いた婦人、動物等の遺体を石膏で復元したもののほか、ローマ風呂と呼ばれる浴場もある。日本の温泉旅館の浴場または銭湯のようなものが、古代に存在していたのが不思議だった。

ベネチアが都市国家であったのはマルコ・ポーロなどで有名で、古くからローマも同じく、世界（といってもヨーロッパ）から大勢の観光客が絶えなかったと思われる。交通は舟が中心で大小の船舶が出入りしており、パトカーや消防車、救急車も、舟が赤灯を点滅させサイレンを鳴らしながら飛んでくる。

観光客専用で有名なのは「ゴンドラ」で、いくつもの小さな橋の架かる運河を長い櫂《かい》で漕いで通る。漕ぎ手は、昔風の羽飾りのついた帽子をかぶり、独特の古風なユニフォームを着たプレイボーイ風の者が多く、若い女性の憧憬の的のようだ。橋の上からはズラリと並んだ観光客たちがゴンドラにカメラを向けて、カシャカシャとシャッターを切っている。

悪口を言うつもりはないが、運河は全部海面で、下水道も兼ねているから、家庭、商店、事務所の排水がすべてここに流される。だから場所によっては悪臭を放つ。いずれは日本の浄化槽を含めた下水処理の技術が必要となるだろう（注：現在はすでに完備されているのかもしれないが）。

最近、ベネチアが高潮による洪水の被害に悩まされていたが、日本の土木技術で防水堰（調整可能）が造られ、防止できるようになったとテレビで報じていた。

スペイン

スペインはポルトガルとともに世界を制覇し、現在の中南米各国はスペイン語が公用語だ（ブラジルのみポルトガル語）。だから私は絢爛豪華な国なのだろうと想像していたが、私たちが泊まったホテルは一流にもかかわらず、テレビがなかった。朝食は西ヨーロッパのほかの諸国も似たようなものだが（同じヨーロッパでも、北は各国とも日米と同じデラックスなバイキングだった）、パンとコーヒーだけで、サラダやハムもなかったので、せめてオレンジジュースでもとお代わりを頼んだところ追加支払いを求められ、ドルを出したら現地通貨が必要だという。フロントに両替に行ったら係員がまだ出勤していないと言われ、一時間以上待たされて、ようやく戻ったら妻がブーブー怒っていた。

古都トレドは一面のオリーブ畑の田園風景で、七つの海を支配した大国の雰囲気はまるでなかったが、博物館を訪れると、世界からの略奪品で作られたと思われる、途方もなく高価な金銀宝石で飾られた無数の王冠や装飾品に深く溜息をつかされた。さらに美術館では、ピカソやグレコの豊富な作品に圧倒された。

スペインらしさをより感じたのはフラメンコで、これはジプシーが起源と聞いた。フラメンコは最近、日本でも普及しているが、歌劇「カルメン」を彷彿とさせ、私は踊りはもちろん、音楽にも酔ってしまった。

スイス

本場のアルプスを機上から眺めると、真っ白な巨峰が延々と続くのに圧倒された。しかしよく考えてみると、やはり自分は日本人なのかなと思うのは、日本アルプスの槍ヶ岳、穂高連峰、上高地というような箱庭的な風景の方に幻惑されるところだ。

スイスに入ってまず驚いたのは、アルプスの王者マッターホルンを目指して上る登山電車に押しかけるスキー客の多いことだ。聞けばスイス人はほんの一部で、ヨーロッパ中の国から押しかけてきているという。

さらに驚いたのは、車内放送が英語と日本語の二ヵ国語であることだ。日本の観光客が多いからということはわかるが、スイスにはスイス語というのがなくて、独、仏、伊、ロマンシュ語のいずれかで、大部分の国民は最低二ヵ国語は話せるという。また、土産物店に行った時などの感触では、英語は誰でも話せる感じだ。

登山電車の中でスイス人の親子と片言の英語で話したが、私が「日本人はスイスが大好きだ」と言うと、「スイス人も日本が大好きだ」と答えてくれた。事実、後年信州でスイス人の青年男女のグループと出会ったことがあり、少し言葉を交わして納得した。

世界中で一番安全なところに財産が集まるのは自然の摂理だ。だが、日本のように「軍備は持たない。憲法第九条、万歳！」などという極楽とんぼではなく、スイスは軍需産業が強力で輸出も盛んだ。輸出が盛んということは、コストの国際競争力もあっていよいよ強力になる。

高速道路を観光バスに乗って走っていると、ミサイルが運ばれていくのを見た。軍事基地も各地で見かけた。徴兵制があるので、パン屋の店員が毎週ジェット戦闘機の訓練をするという例も珍しくない。

宿泊ホテルはレマン湖畔にあったが、部屋から釣りができそうなほど湖に近く、ヨーロッパの富豪の別荘も建ち並んでいた。森と湖との絶景だが、ここでも現実は厳しい。この湖中には全国民の食糧が三年分備蓄されており、毎年更新されているという。

第二次大戦中、何の被害もなく（間接的にはあったというが）無事過ごしたというのは、地図を見ても神話のように聞こえるが、「備えあれば憂いなし」を文字どおり実行している。

スイス滞在中、私はシミジミと日本の行く末を考えた。スイスの現在は世界有数の富裕国であるが、貧しい時代にはスイス人傭兵たちがローマ法王庁まで出稼ぎに行き、故郷に送金していた。それが伝統となって残っていて、現在もローマ法王庁の衛兵はスイスの傭兵たちだ。

ロシア

ロシアへの旅行は二回になる。私は大学の第二外国語にロシア語を取っていた。理由は、当時の世界の鉄のカーテンを隔てた二大勢力だったたからだ。その頃は、まさか自分がロシアに行くとは夢にも思わなかった。もっとロシア語を勉強しておくべきだったと後悔した。

一回目は、ソ連時代のヨーロッパ旅行の途中、飛行機がモスクワ空港に立ち寄って給油しただけだが、空港内の休憩室は節電のためか薄暗く、寒かったのを覚えている。

売店もコーラのような瓶飲料を数本置いてあるだけで、私が図々しくも「カメラＯＫ？」

と訊くと、店のおばさんは「ニエット！（ＮＯ！）」と睨みつけた。ここでロシア語で気の利いたことを二言三言喋ったら、このおばさんもニコニコしたかもしれないのに、私はロシア語を一言も使えなかった。私の語学力は、横浜港に入っていたロシア船の船名が「ウラジオストク号」と読めた程度だ。

モスクワ空港に駐機中の飛行機は、我々の乗ってきたボーイング以外は、違う国旗のマークが付いているものの、すべてソ連製だった。

空港を飛び立つ時ふと気がつくと、ビルの屋上や住宅の屋根に人々が鈴なりになってこちらを見上げていたので、当時は実質的には鎖国状態だったから、外国の文化に触れたい人々なのだろうかと思った。

二回目はソ連崩壊直後だった故か、ホテルの食事はどこも簡素で、牛肉や豚肉の料理には全く出合えず、鶏肉オンリーだった。町を走っている車はドイツ車をはじめとした欧州車が多く、米車と、極東で飛ぶように売れていると聞く日本の中古車は全く見かけなかった。そして、道端でエンコしている車は決まってロシアの国産車だった。

エルミタージュ美術館の展示品は残念ながら見られなかったが、館の夜間照明の素晴らしさに我を忘れた。確かに、西側の光景は日本も含めて豪華で明るい。しかし、それらがケバケバしく感じるほど、この美術館の照明の美しさは重厚で落ち着きがあり、これが本当の芸術だと感じた。

観光コースには入っていなかった風景を、特に頼んで二ヵ所見た。

一つは、スターリン時代に世界に自慢していた地下鉄の構内風景だ。さすがに自慢するだけあって、美術館のような、場所によっては宮殿のような豪華さを感じたが、行き交うラッシュ時のロシア国民たちは、「それどころじゃないよ」とでも言うように、ホームも車内も乗客たちの押し合い圧し合いだった。

もう一つは、モスクワのバレエ観劇だ。演目は「ドン・キホーテ」だったのでちょっと失望したが、さすがに本場、音楽も演舞も期待以上の出来栄えに大いに感動した。

ロシアで羨ましく思ったのは、国土の広さだ。ロシアは世界一広い国土を持っているから、大都会でも、大きなビルから小さな家屋まで、日本のようにビッシリ詰まってはいない。えらく余裕を持って建てられている。

それから合点したのは、スターリン時代にソ連の高官をはじめとする特権階級が別荘を構えて庶民と桁違いの生活をしているということが盛んに言われたが、その別荘たるや想像していたほどのものではなく、山小屋みたいなものが多かったことだ。もちろん、帝政時代の皇帝や貴族は桁違いだったのだろうが、ソ連時代は国を挙げて軍拡に血道を上げていたから、豊かな時代というわけではなかったのだろうと思う。

クレムリン宮殿と赤の広場は、スターリンのイメージで背筋が凍ったが、今は観光客も多く、土産物の売り子も点在している。私は郵便切手のコレクションを大学生らしい青年から勧められ、「千円」と言うので即座に買った。すると添乗員が、

「本当に切手が入っているかどうか確かめてください」

などと脅すので慌てて確かめたが、ちゃんとたくさんのコレクションが収まっていた。


日本からロシアのモスクワ空港に辿り着くまでには、広大なシベリア上空を何時間も飛ぶわけだが、上空から見る景色はずっと変化がない。大部分がツンドラ（永久凍土）だから、農業はもちろん、ほかの産業も起こしにくいということだったが、最近は石油や天然ガスが発見され、その他の金属、貴金属の存在の可能性もあるという。

そんな広大な土地を持ちながら、チッポケな北方四島に固執するのはなぜか？　米軍の空襲で仮死状態の日本へ、日ソ中立条約を破って宣戦布告した陰険なスターリンと、我々の敬愛するトルストイ、チャイコフスキー等のイメージが、どうしても合致しない不思議な国、ロシアである。

閑話　――トマト成金の話

ヨーロッパの旅は、たまたま大きな旅行会社ではなく小さい旅行会社のＳ社に依頼したが、満足したので二回目も依頼した。その二回目のツアーの時、隣席の夫婦に、

「この旅行会社が気に入ったので、二回目もお願いしましたよ」

と話しかけたところ、

「私たちは七十回目くらいですよ」

と言う。中年の夫婦である。吃驚して、何の仕事をしているのかと訊くと、

「千葉でトマト農家をやっています」

とのこと。ほかの野菜を全部やめて、トマト一筋に拡張に拡張を重ねているという。もちろんビニールハウス栽培で、一年中飛ぶように売れるそうで、首都圏という地の利もあるのだろう。

それにしても、トマトの売上げがうなぎ上りとは、〝トマト成金〟というべきか。

北ヨーロッパ

北欧の各国は、自動車が二十四時間ライトをつけっ放しで走っていて、世界地図を見ても北海道の遥か北の緯度だから、日照時間が少ないのももっともだと思った。

日本でも冬に雪が降り通しで日照時間の少ない秋田や新潟は色白の美人が多いが、北欧も金髪の白人が圧倒的に多く、美男美女という印象だった。西ヨーロッパと違って黒人、アラブ人、東洋人は皆無だったが、植民地の関係だろうか。

日本は北欧から乳製品（及び原材料）を大量に輸入していたので（現在は米、豪が主か）、乳製品が廉価だろうと期待していたが、それほど安くなかった。聞けば、税金が高いせいだという。しかし、その代わり医療費、教育費が無料だというから国民は文句を言えない。観光客には税金分を還元してくれると聞いたが、確かスイスでも物価を高く感じた。生活水準の高い国は共通して物価が高くなるのだろうか？

フィンランドの広大なフィヨルド（氷河による侵食作用でU字型に形成された谷に、海水が入り込んで作られた地形）を通る観光船は、外洋でも充分走れると思われる豪華船だった。船室は優美だし、船内にはレストラン、娯楽室、土産物販売店も充実していて、外の景色を眺めるのと船内を回るのを繰り返して、船客を飽きさせることなく長い航海も楽しく過ごせた。

ノルウェーの「会話の手引き」を読むと、挨拶は「グッデイ」ではなくて「グッダイ」と出ていたので早速、税関吏に使用してみたら、「コンニチワ」と返してきた。

白人はキャビアをありがたがるので、ほかの魚卵を知らないのかと思っていたが、ノルウェーの魚市場で数の子、たらこ、いくらをはじめ、各種の魚卵を豊富に売っている店があったので、食べている人もいるのだと認識した。

私は若い頃、自動車関連工場で働いていたが、毎月急増する自動車の内装に使うハードボードが不足し、輸入材のスウェーデンの製品を使った。その荷造りに使われていたスチールのベルトを見た廃品回収業者が、「スウェーデンスチールですか⁉」と吃驚して、高価で引き取ってくれた記憶がある。

スウェーデンでは「ボルボ」のような世界的な二次産業も、一次産業の牧畜業と並んで盛んで豊かだが、この豊かな産業群を持っている秘訣は何か？　西欧も昔から七つの海に乗り出して他国の文明を吸収したが、北欧の人たちも有名なバイキングで太古から大海を渡って他国に侵入したり、海賊行為もあっただろうが情報を広く集めたことが、この豊かさの源であることは間違いない。

アメリカ

アメリカに実際に行くまでは、映画の影響か、飛行機と自動車が主要交通機関だと思っていたが、ラッシュアワーなどは日本と全く変わらず、電車、地下鉄、バスは超満員だった。ただ、電車関係はメンテナンスが後回しになっているというか、車両や駅舎などの老朽化の修理がおろそかだ。空港や高速道路が充実しているので、利益率が低い電車は放置なのだろうか？　国土が広いのだから、高速鉄道があれば便利だと思うが。

トランプ前大統領が交通機関の更新も公約したが、日本の新幹線を採用してくれればいいが、また中国にやられるか？

カリフォルニアの住宅は、日本と逆で北向きでないと売れないという。それほど日光が強い。私はカリフォルニア・オレンジの大きいのを、意地汚くも二個かぶりついて、そのあとの食事ができなかった。あまりにもうまかったのだ。

ワシントンは美しい首都。だが、その周辺は黒人の広大なスラム街となっていた（現在は改善されているのだろうか？）。

ヨセミテ国立公園内は、いかにも米国的な巨大なトレーラー風の客席無数の観光バスで回る。野生動物を見かけたら、ほかの乗客たちに知らせる義務がある。

グランド・キャニオンは小型機で巡った。パイロットが大男だったので、飛行機のバランスを取るために、客の中で一番大柄な私を助手席に招いた。しかし、私の前に助手席に乗った客がビヤ樽風の大男だったと見え、安全ベルトを締めても締めても締めきれない。その途中で機が飛び立った。

私はベルトが締められないままなので、両手で椅子に掴まったが、振動が激しく支え切れそうにない。もしかすると今日で人生が終わりかもしれないと、意外に冷静に悟った。するとパイロットは、「インディアン部落だ！」と、機を谷底へ急降下させる。私の遺族にインディアン部落にまで墓参りに来てもらうのは気の毒だな……。

「どうだった？」

パイロットの質問で、一時的に失神していたらしい私は気を取り直して、思わず、

「ワンダフル！」

と答えた。パイロットは満足げにうなずいた。

ディズニーランドでは妻をゴーカートに乗せた。ところが、日本のゴーカートはゆっくりの電動自動車が普通だが、ここは本格的なガソリンエンジン。妻は免許証を持っているが、オタオタして大渋滞を引き起こしてしまい、後ろの大勢のヤンキーの子供たちからブーイングを浴びていた。

洞窟の中で悪魔や怪獣が怖いセリフを言うアトラクションにも入ったが、英語が全く不明なので、残念ながら私は笑顔を返すばかりだった。

童話の世界、と甘い気持ちで乗ったジェットコースターが地獄だった。まだシートベルトを完全に締める前に急発車し、その速さは想像以上で、二度目のグランド・キャニオンを味わった。水中にドボンと突っ込んで走るところもあり、息を止めているのが苦しくなる寸前に脱出したり、生きた心地がしなかった。

アメリカの食事についての感想は以下のとおりだ。

一、イタリアではスパゲティがうま過ぎて気分が悪くなるくらい食べたが、アメリカでは三軒回ったどの店も、石油缶のようなものから出した工場加工と思われるソースをスパゲティにからめていて、不味いので同行の人たち全員が残した。

二、アメリカ人は肉食が主というイメージを持っていたが、サラダだけ注文する現地の女性たちもいた。

三、ステーキはうまいと聞いていたが、大きいだけでうまいとは言えなかった。

四、コーヒーとアイスクリームだけは、さすが本場だと思った。

ラスベガスに入ると至る所にカジノがあり、誰でもすぐ賭けられる。私は、カジノは二十四時間営業しているというのは誇大宣伝ではないかと疑って、午前三時頃にホテルのベッドから起きて、カジノを覗きに行ってみた。

すると、雰囲気は昼間と全く変わらず、煙草の煙がもうもうと立ち込めている中で、みんな血眼だ。黒人のガードマンがピストルで武装して立っている。

最近の日本のカジノ論争では触れられていない問題だが、日本の法律では民間人の武装はできないので、もしカジノができたら治安はどうするのかと私は思っている。

ポーカーをやっている人たちが私の顔を見ると、微笑して手招きした。私も微笑を返して「ノーサンキュー」と断った。カモられたらかなわない。

米国は、英国との独立戦争、現地人との戦争、南北戦争等、建国以来、戦争を味わっているが、元来、好戦的な国民ではなく、十九世紀のモンロー大統領が有名なモンロー主義（ヨーロッパとアメリカの相互不干渉）を提唱したほどで、第一次世界大戦も消極的だったし、第二次世界大戦も参戦するまで、ほとんどの国民が自分たちには関係ない「ヨーロッパの戦争とアジアの戦争」と対岸の火災と見ており、ヨーロッパ諸国と中国からの必死の救援（できるだけ早く参戦）要請もどこ吹く風であった。

しかし、ルーズベルト大統領は武器、食糧、薬品、その他必要な物資は無限に提供した（大部分有償）し、一部義勇軍までも派遣した。さらに、日本への石油禁輸などの制裁を加えて挑発をはかった。

日本はそれに乗せられて真珠湾攻撃をかけたが、「宣戦布告」の公文書が事務的に遅延したのに便乗、「卑怯な不意打ち」として、大統領は「リメンバー　パールハーバー」と煽動して全米国民の戦意高揚に成功し、同時にヨーロッパ戦線にも参加した。

一九四五年（昭和二〇年）の第二次世界大戦終了時、世界中が再び戦争はごめんという雰囲気の中で、米国だけが世界の富の半分を得て（武器、ほかの売却金）、政財界は「戦争は国益」という信念を抱くようになり、ソ連との冷戦もあったが、朝鮮、ベトナム、イラク、アフガニスタン等「共産圏」や「イスラム圏」と二十一世紀になっても戦争を絶やさない。

米国の軍事費は日本の国家予算全額と同じくらいで、さらに高額な武器類を世界一大量販売して補っている。

その反面、内政に問題があり、今回のコロナ禍では、約三〇万人（日本の約一〇〇倍以上）と世界一の死者を出した。これは公的健康保険制度が不備なため、高度な医術を有しながら、低所得層を救済できないためだ。また、航空機及び関連施設と比べると鉄道の関連設備（車両を含む）が老朽化したままで、利益率が悪いからと言われている。

軍事費を大幅に内政に回し、公的健康保険制度を確立し、日本のように全土に新幹線網を実現できれば、全国民がもっと幸福になれるだろう。

南米（ブラジル、アルゼンチン、ペルー）

世界数ヵ国で玩具を売っている実業家の従弟に、

「世界を旅行するとしたら、一番魅力的な国はどこ？」

と訊いてみたところ、

「好みとか目的もあるだろうけど、南米は誰でも面白いと思う」

と答えた。


そういえば、私は南半球にはまだ一度も行っていなかった。

しかしまず、飛行機に乗っている時間が長かった（約三十時間）。しかも、アメリカのケネディ空港に立ち寄る予定が、「九・一一の一周年でテロの計画の情報がある」と空港が閉鎖。急遽、南米へ直行する旨の機内放送があった。そんな長時間、燃料は大丈夫なのかと乗客たちは心配していたが、私はボーイング社はB29の実績でデーターも豊富だから心配ないだろうと自分に言い聞かせた。それにしても、当時はまだ「エコノミークラス症候群」という言葉すらなかったが、現在だったら私も体が続かなかったかもしれない。

ブラジルもアルゼンチンもペルーも共通していたことは、空港からバスで中心街に向かう途中で、小高い山に無数の住宅群があったことだ。高級住宅地かな？　と思ったが、全く逆の大スラム街で、ギャング（米国風にいうとマフィア）の支配下にあり、警察官がこの街に入ると行方不明になるという。電気も水道も不法に導入していて無料らしい。その真偽はともかくとして、南米各国は先進国と比べて貧民層が厚く、すなわち中間層が少ないのが国の発展を妨げている一因だという。同じアメリカ大陸でも、南と北では雲泥の差ということだ。

三国とも共通して、車はドイツ車をはじめとした欧州車が圧倒的で、意外にも米車は少なかった。ナチスの残党が長く潜んでいたことや、意外に反米思想が強い（共産党やシンパの政権が珍しくない）ことなどは、偶然ではないかもしれない。

ブラジルでは毎年二月に大規模なカーニバルがあり、観光客も世界中から大挙して集まるが、シーズンオフでもカーニバル会館があり、年中ミニカーニバルを開催して観光客を楽しませている（日本でも飛騨高山の「高山祭屋台会館」が一年中、実物屋台を展示している）。ミニといっても結構スケールが大きく、ルンバ、サンバ、マンボの豊富な曲目と豪華な衣装での踊りで充分堪能できる。本番は連日連夜行うが、むしろこちらの方が治安上も安全かもしれない。

ブラジルとアルゼンチンにまたがるイグアスの滝は、ナイアガラの滝が整然とした近代的な設備の中から見られるのと対照的に、野生むき出しだった。見学用の歩道をアマゾンの野生動物が（例えばアルマジロ、アライグマ）、観光客たちと一緒にゾロゾロ歩き回っている。

また、観光船が滝の落下地点にワザワザ突っ込んで客席を水浸しにする。救命衣は着けていたが、下着までビッショリになった。私はさすがに替ズボンまでは用意しておらず、ホテルに帰ってから、アイロンがないからドライヤーで一生懸命に乾燥させた。

アルゼンチンは牛肉が安く、以前の日本の二十三分の一のコストと言われていた。ぶら下げた大きな塊の焼き肉を包丁で削り取って皿に盛る。

アルゼンチンはなんと言ってもタンゴに圧倒される。アルゼンチンタンゴは音楽の美しさは言うまでもないが、独特な魅惑的なダンスに我を忘れる。ダンサーは男性も女性もウットリするような美貌とスタイルの持ち主で、そんな彼らがズラリと並んで、

「パートナーとして記念撮影をどうぞ」

と誘うから、猫も杓子も殺到する（もちろん有料）。

私はちょうど映画「エビータ」を観たばかりだったが（エビータは慈善でアルゼンチン

国民に慕われた大統領夫人。故人）、タンゴの夕べにはアルゼンチン国旗をかたどったブルーの長い垂れ幕が何枚も並べられた中で、「エビータ」をはじめ、古今の名曲を次から次へと演奏、演舞し、かなり長い時間だったが、私は感動で涙が止まらなかった。

帰りの団体バスの中では同行の人たち皆が、さっきダンサーと組んで撮った自分たちの記念写真に見入ったが、その中の一人が、

「大木にセミがとまってるみたいだ」

と言ったので大爆笑になった。誰もが期待に胸をふくらませながら写真を見たのに、ダンサーたちのスタイルの良さと自分たちとの差があまりにも大きかったため、期待外れに唖然としたのだった。


ペルーのマチュピチュの遺跡は高地に存在していたため、金を求めて血眼になっていたスペイン人も見逃したといわれる。こんな高い所に、インカの高度な文化を感じさせる天文台ともいうべき夏至・冬至を測定する石の仕掛け、水道設備、崩れにくい構築物、農地などがあり、感心させられるものばかりだった。

最も驚いたのは高山病だ。古都クスコに行った時、私だけでなく同行の日本人全員が高山病に罹った。私は三〇〇〇メートル級の富士山、槍ヶ岳に登った経験があるので、「高

山病」というのは大げさに伝わっているだけだろうと思い込んでいた。ところが、クスコでは普通に歩けなくなった。元来、私はせっかちで速足なのだが、足が動かない。自然に「高速度撮影」みたいな動作になってしまう。酸素が薄いから、息が苦しくて動けないのだ。

やっとホテルに到着してしばらく安静にしていたが、そのあと回復したのか、体が慣れたのか、一時ほどは苦しくなくなった。しかし、「慣れ」というのは恐ろしいもので、ホテルの従業員や住人たちは全く普通の動作だ。

ナスカの地上絵は、グランド・キャニオンと同じように小型機で見て回った。今度は「死の覚悟」はなかったが、別のことで悩まされた。私の前の座席の中年男性が飛行機に酔って吐いてしまったのが伝染して、私も強い吐き気に悩まされた。それでも多数の地上絵を眺めながら、世界にはまだまだ不思議なことがたくさん存在するんだなと実感した。

第五章

近未来の日本の幸福のための提言

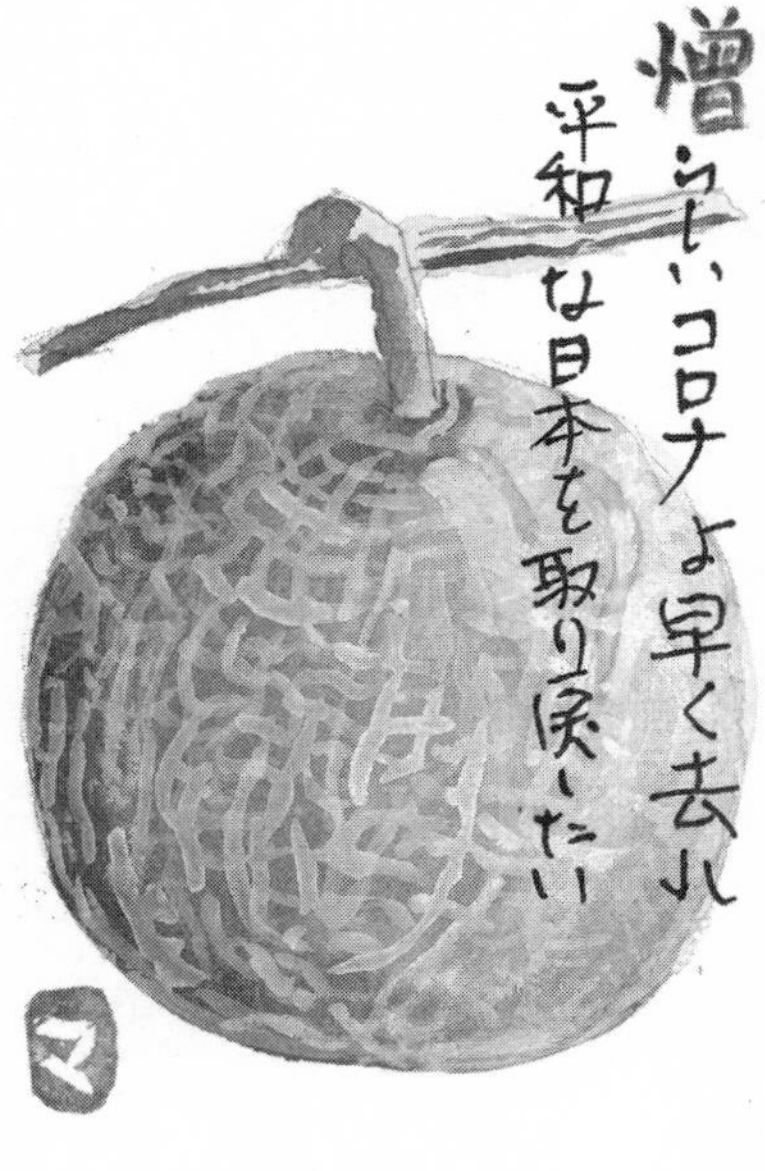
憎らしいコロナよ早く去れ
平和な日本を取り戻したい

この章には、当面日本人が幸福になるために直面する課題を集めた。もちろん、私が全部の解決策を持っているというような図々しい内容ではない。むしろ、衆知を結集して解決していこうというものだ。

（1）日米同盟の未来は生き地獄

現在、日本は「日米同盟」と称しているが、実体は米国の小判ザメのような存在で、軍事的には完全に米軍の支配下にある。七十余年も米軍が日本に駐留しているので、自分が生まれた時から存在している米軍を不自然に思わない国民も多いかもしれない。また、このままでいいと思っている国民も多いと思う。

中には、「憲法第九条で戦争を放棄したんだから、戦争は関係ない」と言う極楽とんぼもいる。

戦後七十余年ずっと平和で、日本人の戦死者は一人もいないと言われてきたが、朝鮮戦争で日本人の戦死者がいたことが最近判明した。

昭和二十年八月十五日に、日本人は「再び戦争はしない」と心から誓った。

ところが米国は地球の富の半分を入手して、「戦争は国益である」と実感した（戦時中、連合国や中立国が武器や食糧を買い漁ったため）。だから米国は世界中に軍事基地を造り、日本の国家予算くらいの軍事費と、世界一の量の武器販売で稼ぎ、二十一世紀になっても独りで戦争を続けている。

ただ、日本と違って民主主義を捨てて軍国主義にならないのは、議会が強くて文官制度が守られているからであり、そこが救いだ。しかし、日本人の大部分が信じている「戦争の時は、米国が日本を守ってくれる」という考えは全くの気休めで、日米安保条約に「日本は戦わなくていい」という一文はない。

では、どうすればいいか。

二〇一七年にノーベル平和賞を受賞した国際ＮＧＯ「核兵器国際廃絶キャンペーン（ＩＣＡＮ）」を五〇ヵ国が批准し、二〇二一年一月に発効することになった。国連事務総長は、「発効は多くの被爆者や核実験の被害者に敬意を表するものだ」と声明。ところが、唯一の被爆国日本はこれに反対している。加害者の米国に気兼ねしているのか、または密約でもあるのか。

この日本政府の行動と矛盾していることがある。日本政府は毎年十二月初めに「核兵器廃絶決議案」を国連総会に提出、二〇二〇年には二十七年連続で賛成多数（賛成一五〇、反対四、棄権三五）で可決している。これが本気なら、なぜ、国際ＮＧＯ「核兵器国際廃絶キャンペーン（ＩＣＡＮ）」を批准しないのか？

米軍は日本の降伏直後から、日本各地に軍事基地を有し、その上空には制空権があり、内外の旅客機は大きく迂回しなければならない。これは世界に例がないそうだ。トランプ前大統領は来日の際、国賓招待の時以外は、自国の領土横田基地に発着していた。

問題は今後にある。米国はＮＡＴＯ（北大西洋条約機構）のアジア版を計画し、日本、オーストラリア、ニュージーランド、アセアン、インド等に働きかけている。しかし、これは安易な企画だ。ＮＡＴＯの場合は、全部キリスト教国でほとんど陸続きだから統一しやすい（それでも分担金等で不協和音が大きい）。アジア版の方は、キリスト教のみでなく、仏教、イスラム教、ヒンズー教と分かれているうえ、国土も大小無数の島々に分かれているから、軍事的団結など困難だ。さらに、仮想敵国の中国との利害関係の大きい国が多い。

一方、中国共産党は独裁を貫き、政治的反対勢力を徹底的に排除する方針を変えない。共産党のバイブルであるマルクスの『資本論』は、政治指導者の人間性までは分析していないので、スターリンのような人物が再び出現すると恐怖政治になるし、逆に無能な指導者の独裁では内戦、難民などの問題を惹起する。米国との関係がどこまで悪化するか不明だが、スターリンより悪い世襲制の北朝鮮を容認しているのも納得しがたい。

米中戦争が起こった場合、今のところ日本との関係で懸念すべきことは二つある。

①「対中戦」に参加してくれという米国の要望に、イエスマンの日本政府が応じる。

②双方とも広大な大国なので、猛烈なミサイル攻撃も相手に致命的な打撃を与えられない。故に、実際に戦場となって三日から一週間の間に焦土と化すのは、日本列島、朝鮮半島、台湾、ハワイ、サイパン、グアム等の大小の島々である。

日本がこれを避ける途は、いかなる軍事同盟にも絶対に参加しないことだ。トランプ前大統領は一言だけいいことを言った。

「駐留経費で合意しなかったら、米軍を撤退させる」

これに従おう。

そして「永世中立」を宣言する。このために、スイスほか中立国について徹底的に調べる。また、軍備を強化する。さらに、今まで米軍のための研究もあってタブーだったが、自国のための軍事研究も強化する。ただし、米中との友好関係（特に経済関係）は継続に努める。

(2) 靖国神社参拝

今、靖国神社にA級戦犯を合祀しているのが国際問題になっていて、天皇も首相も公式参拝できず、あまり深く考えない国会議員の一部が参拝している。この不合理を放置するのか。

私個人は、戦争指導者の非人間的というか非道さを許せない。それは、戦争末期、「神風特別攻撃隊」として、飛行機と潜水艇で数千人の純粋な若者を前代未聞の自爆攻撃に差し向けたからである。もちろん、指導者が一緒に敵に突入したという例は一件もない。

私は、この合祀を主張した関係者（宮司を含む）はすべて追放すべきで、法律がなければ立法してでも実行してもらいたいと考える。ドイツでたとえればヒトラーの銅像を建てる主張をしているのと同じ考えであることを自覚させたい。

そして、完全に分祀したうえで、全国民がこぞって参拝し、さらに外国の賓客も、外国の「無名戦士の墓」と同様、公式参拝に招待するのもいいと思う。

(3) 首都機能移転

- 国会、中央官庁、最高裁を東京都から移転する。転居先は福島県（試案）
- 転居の理由は、過密化による自然災害、人災等の過大化防止（今回のコロナ禍は過密なため大幅に拡大している）
- 転居先を福島県にした理由は、

a）東京に近く連絡を取りやすい

b）東北、北関東への首都圏人口流出が期待できる
c）東日本大震災と原発事故の被害が甚大であり、その復興促進と地価回復

（4）国家財政負債の処理

現在、日本は世界一の一千兆円超の負債（主として国債）を抱えている。幸いにして対外資産が豊かであり、経済活動も正常なので当面は過ごせるが、何らかのきっかけで第二次世界大戦直後のような超大インフレになる可能性を孕んでいる。野党の中には「消費税廃止」を提唱するものがあるが、「人気取り」が最優先で将来の日本を考えない政治家なんて有害無益だ。

対策案としては、国家及び地方自治体の支出を総括することが必要であり、その一例は次のとおりだ。

イ、国会は一院制とする。現在の両院は酷似しており、共立する意味がない。似たような質疑応答が多く、閣僚も無駄働きだ。

ロ、所有者不明の土地を、調査のうえ国有化し、売却する。これは一回限りでなく毎年行う。

ハ、地方自治体を合併。四十七都道府県を二十道県（概数）とする（別表参照のこと）。

当然、これに伴って警察、消防各本部の統合、日銀支店の減少、そのほか大学の合併等の付随作業が出てくるだろう。また、地方自治体の人数格差が縮小するので、何十年も問題になっている国会議員の一票当たりの格差を縮めることが可能になる。

47都道府県を20道県に（試案）

（約500万人を基準とする
人口は2020年基本台帳による）

新道県名（仮称）	旧都道府県名	単位（万人）	
北海道			522
東北県	青森	126	679
	秋田	98	
	岩手	122	
	山形	107	
	宮城	226	
福都県※①	福島	186	
北関東県	茨城	285	667
	栃木	192	
	群馬	190	
埼玉県			719
千葉県			615
東京都 多摩県 ※②	東京都	1,325	
神奈川県			898
北陸県	新潟	221	512
	富山	103	
	石川	112	
	福井	76	
アルプス県	山梨	80	481
	長野	204	
	岐阜	197	
愛知県			730
静岡県			361
紀奈県	三重	175	403
	奈良	134	
	和歌山	94	
京都県	京都	248	386
	滋賀	138	
大阪県			859
兵庫県			543
中国県	鳥取	55	721
	島根	67	
	岡山	187	
	広島	277	
	山口	135	
四国県	徳島	73	364
	香川	86	
	愛媛	135	
	高知	70	
福岡県			504
中九州県	佐賀	81	503
	長崎	134	
	大分	113	
	熊本	175	
南九州県	鹿児島	161	415
	宮崎	108	
	沖縄	146	

※①福都県には旧東京都から中央官庁、国会、最高裁判所が移動
②東京都は区部と多摩地区を分離する

ニ、国の出先機関の統廃合。
ホ、政党交付金等、交付金の再検討と廃止。
一年に十兆円削減しても解消には百年かかるので、息の長い努力が必要だが、「円」の価値（世界通貨として）を不動のものにしたい。

(5) 産業の活性化のため、メーカーと大学の研究協同化と促進

国の負債の軽減には国家支出を削減することも大事だが、国を豊かにすることも車の両輪の一つだ。一例として、世界一の普及を誇る自動車産業が今、革命期にあり、自動化、電化、水陸両用、空陸両用等の新製品が他業種を含めて競争している。飛行機産業も、戦後製造禁止されたが最近息を吹き返した。さらに、人工衛星、ロボットと新しい産業が伸びている。これらの産業は関連産業が広大なので、日本の産業界に大いに貢献すると思うが、これに伴い、強い開発能力が求められる。社会主義国であれば、国からの膨大な補助金が考えられるが、競争社会であり（これが活気を生んでいる）、同業者間の機密保持の関係もあるので、研究部門を、大学（複数の場合も考えられる）とメーカーによる強い協業化が必要になる。

一般的に敬遠されがちな軍需産業も、米軍依存から脱皮したうえで人命尊重のための口

ボットやドローンの研究など、協業が望まれる。

これは当然一例であって、第二次産業のみならず、第一次、第三次にも適用する話だ。先端技術の研究は当然で、さらに日本産業の特徴の「ユーザーのニーズを一〇〇％満たす」を加える。この実行には産業界と大学側とが部門別に集団見合い（？）を毎年行うことも一案として考えられる。これを主催とか仲介するのは民間団体が理想であり、政府がタッチしない方がいいかもしれない（税金負担、利権等の問題が出るため）。

(6) カジノの活用

カジノのメリットは、政府、自治体、地域の収益向上、活性化であり、デメリットは治安問題だ。

私がラスベガスに行って感じたことは、以下のような点だ。

- 警備員が武装しているところは、銀行と同じ。
- ラスベガスにカジノがなければ、今でも砂漠だろうと言われていたが、この状態を日本の都市部に持ってくるのは問題があり過ぎる。残念ながら現在のカジノ誘致希望自治体は大都市が多いが、絶対に過疎地に限定すべき。

そこで提案だが、国は「カジノ委員会」を設置し（注：二〇二〇年一月に「カジノ管理委員会」発足）、その委員会から、利権など利害関係の全くない、できれば警察庁や財務省の人間を交えた視察団を、世界の主要カジノに派遣すべきと思う。

（7）移民の導入

新型コロナの影響により、一時的に失業が増大しているが、長期的展望では老齢人口の急増と出生率の急減が大きな問題になっている。移民導入を真剣に考える段階に来ていると思う。

言うまでもなく、良質な移民を期待するのならば、「留学生の優待制度」が一番効果的だろう。例えば、五年間限定で年間十万人（男女を問わず）を募集。成果によっては二度、三度と繰り返す。「十万人」は多過ぎると考える人もいるかもしれないが、日本では年間五十万人、人口が減っているのだ。これに伴って、日本語教育（台湾では国の全額補助で夜間学級がある）、帰化問題、就業の自由化等も併行して検討する必要がある。

（8）観光立国を目指そう

コロナ直前まで世界の訪日観光客がうなぎ上りだった。諸外国と比べて日本には優れた面が多いので、今後も努力すれば世界でも有数の観光客を集める国になるだろう。

〈諸外国と比べて優れた面〉

①歴史が古いので観光資源が豊富

②気候風土、自然に恵まれている

③公衆トイレが無料で清潔

④水道の出がいいので浴室が満足、飲むことができる

⑤大都市、地方を問わずゴミや大きな落書きがなく綺麗

⑥交通機関が整備され、時刻が正確

⑦世界中の食事ができる

⑧接客関係者が信用できる（オツリのごまかしがない）

⑨チップ不要

◎仕事と観光とで全国隅々まで回ったので独断的な「日本新十景」を発表したかったが「三十景」にもなったのであきらめた。ちなみにナンバーワンは沖縄八重山諸島（石垣島、宮古島、西表島、他）。

あとがき

前作『大親友伝説　光秀と家康』に続いて、文芸社からのおすすめに従い、本書『昭和も遠くなりにけり』を発表させていただきました。

自分史という、前作とは全く違うカテゴリーのものですが、私の人生の中で、若い人たちへ知らせたかった戦時中の体験を含め、将来の日本の幸福のために言い残したいことも吐露できて、こんなに嬉しいことはありません。

あるいは、独断的だとか偏見だとのご批判もあるかと思いますが、忌憚のないご意見を、文芸社を通じて賜れば非常にありがたいことと存じます。

令和三年、コロナ渦の早期終息と、第二回東京オリンピックの成功を念願して。

〈参考文献〉

『日本全史（ジャパン・クロニック）』講談社
『日本と世界の歴史』（全二十二巻）学習研究社
『昭和　二万日の全記録』（全十九巻）講談社

著者プロフィール

中川 万里男（なかがわ まりお）
昭和５年（1930年）生まれ
大阪府出身
昭和28年（1953年）早稲田大学法学部卒業
自動車関連会社などに勤務後、調剤薬局経営

既刊書『大親友伝説　「光秀と家康」』（2019年　文芸社刊）

昭和も遠くなりにけり

2021年３月15日　初版第１刷発行

著　者　中川 万里男
発行者　瓜谷 綱延
発行所　株式会社文芸社
〒160-0022　東京都新宿区新宿１－10－１
電話　03-5369-3060（代表）
03-5369-2299（販売）

印刷所　株式会社フクイン

ISBN978-4-286-22339-1